PROSE ET VERS

PAR

PIERRE LACHAMBEAUDIE

PARIS

CHEZ L'AUTEUR, RUE SAINT-AMBROISE, 39

1867

PROSE ET VERS

PAR

PIERRE LACHAMBEAUDIE

PARIS. — IMPRIMERIE FÉLIX MALTESTE et Cie
Rue des Deux-Portes-Saint-Sauveur, 22

PROSE ET VERS

PAR

PIERRE LACHAMBEAUDIE

PARIS

CHEZ L'AUTEUR, RUE SAINT-AMBROISE, 39

1867

MA BIOGRAPHIE

Je suis né à Montignac (Dordogne), le 16 décembre 1806.

Mon grand-père, Desplas Lachambeaudie, était conseiller au présidial de Sarlat.

Mon père, ancien volontaire des armées de la République, était rentré avec le grade de lieutenant ; il fut reçu plus tard percepteur des contributions.

Veuf d'Anne Mayaudon, morte quelques jours après ma naissance, il me laissa quatre ans en nourrice. Il me fit venir sous le toit paternel après un second mariage.

On m'envoya jusqu'à l'âge de neuf ans chez un maître d'école ; à dix ans, j'entrai au collége de Montignac. Il était dirigé par M. Granché, auteur d'un recueil de fables, devenu plus tard inspecteur de l'Université de Bordeaux. Mon professeur était M. Courtaud, helléniste distingué.

En 1823 je fus conduit par mon père au séminaire de Sarlat, d'où je fus expulsé plus tard pour avoir mis trop de négligence à me confesser. Un vénérable pasteur, le curé de Montignac, me fit faire ma première communion et parvint à obtenir ma rentrée au séminaire. J'en fus encore et définitivement chassé.

Une comédie en vers, de ma composition, montée, jouée par moi et quelques condisciples, sur les tables de la salle d'étude ; enfin, une chanson bachique de mon cru, que j'avais eu l'imprudence de faire imprimer : c'en fut assez pour motiver à tout jamais mon exclusion.

Ma vocation poétique s'était manifestée dès l'âge de dix ans. Il était d'usage de faire la *sabbatine*, c'est-à-dire de repasser le samedi les leçons de la semaine. Au lieu des devoirs scolaires, j'apportais chaque fois un nouveau cahier de fables, que le professeur lisait à haute voix devant toute la classe. Comme il s'y rencontrait de temps en temps des vers assez heureux, mes condisciples disaient :

— Voilà des vers dignes de Florian !

— Ne le lui dites pas, il le sait trop ! s'écriait

le digne abbé Surguier, notre professeur de rhétorique.

Expulsé pour la seconde fois du séminaire, je me réfugiai au collége de Brives, où je terminai mon cours de philosophie.

En 1827 je tirai au sort ; un des plus forts numéros m'échut ; je restai à Montignac, donnant des leçons à une trentaine d'enfants, chez mon père. Au commencement de 1828 j'entrai au collége à titre de professsur et de maître d'étude. Avant la fin de l'année M. Granché me procura, à Bordeaux, dans la pension Dupleix, rue Mériadeck, une place analogue à celle que j'occupais à Montignac. Je liai connaissance avec Jacques Arago. Il rédigeait le *Kaléidoscope*, recueil mensuel, dans lequel le spirituel écrivain publia plusieurs de mes fables. Désirant me faire agréger à l'Université, je me présentai au collègue de M. Granché ; il me repoussa sans pitié, sous prétexte que j'avais traduit en vers quel-Odes d'Horace ; si bien que cette facilité de rimer que, dans mon illusion, j'avais prise pour un titre à la bienveillance, fut un motif d'exclusion.

Sur ces entrefaites, je lus dans un journal que M. Maury, principal du collége de Nontron, demandait des professeurs. Je m'offris, il m'accepta et je partis pour Nontron. J'y étais installé depuis huit jours, lorsque je reçois une lettre de mon supérieur qui m'invite à quitter son établissement parce que je fais des vers.

« Une pareille occupation, m'écrivait-il, est incompatible avec l'état de professeur. »

Je partis sur-le-champ de Nontron, et je m'acheminai vers la demeure d'une famille patriarcale qui habitait un hameau tout près de Montignac. J'y vécus depuis le mois de novembre 1828 jusqu'au mois d'octobre 1829. Là, je faisais la classe aux enfants de la maison et à quelques autres des villages d'alentour.

Une liste de souscription, que je fis circuler dans les environs, couvrit les frais de mon premier recueil, intitulé : *Essais poétiques*, imprimé à Sarlat en juin 1829.

Au mois d'octobre, je reçus une lettre de mon cousin Henry, un des directeurs du chemin de fer de Roanne à Saint-Étienne. Il m'appelait auprès de lui pour un emploi dans ses bureaux, aux appointements de cent francs par mois.

1830 arrive ; après la révolution de Juillet, je fais quelques chansons patriotiques ; j'entreprends aussi la publication d'un recueil poétique et mensuel, avec la collaboration de plusieurs poëtes vivants. Mon entreprise ne dura qu'une année, parce que M. Henry me fit opter entre le titre de rédacteur en chef de l'*Écho de la Loire* et celui d'employé au chemin de fer. Le besoin me fit décider pour cette dernière fonction, que je remplissais, je l'avoue, avec une négligence impardonnable. J'étais en pension dans une famille d'honnêtes industriels, qui me traitaient avec tous les soins imaginables. Déjà s'épanouissait, au sein de cette famille, une jeune fille de quinze ans, charmante, espiègle, enfant gâté s'il en fut... Plus je l'adorais, plus elle se plaisait à tourmenter par mille caprices l'ex-séminariste timide et inexpérimenté.

En 1832 je fus appelé à Feurs pour servir d'interprète à deux Anglais, conducteurs des locomotives des ingénieurs Jackson et Stephenson. Georges, l'un de ces deux Anglais, fut une des victimes de la catastrophe du 8 mai 1840. J'avais appris tout seul leur langue d'après la méthode de Jacotot, ou plutôt d'après la méthode instinctive de tout homme qui se sent une passion pour une étude quelconque.

Après un an de séjour à Feurs, je rentrai à Roanne, que je quittai bientôt pour prendre l'habit saint-simonien, à Lyon. Après quelques excursions apostoliques, j'acceptai un emploi d'interprète dans une maison de commerce; nous devions aller exploiter des propriétés à New-York. Arrivé à Paris avec un associé de l'entreprise, je me trouvai, un beau matin, seul sur le pavé de Paris. Mon compagnon de voyage était parti pour l'Amérique sans m'avertir, sans m'indemniser le moins du monde. Après quelques mois de séjour forcé dans la capitale, j'obtins de M. Henry l'argent nécessaire pour regagner Montignac. J'y passai une année chez des parents, donnant des leçons à deux petites filles. Mon père m'avait refusé l'entrée de sa maison, pour me punir de ma vie errante et de ma persévérance à faire des vers. Il ne pouvait se faire à l'idée d'avoir jeté au feu, en 1827, ce que j'intitulais pompeusement : *Mes œuvres complètes !*

Vers le mois de septembre 1832, un journal m'apprend que plusieurs saint-simoniens partent pour l'Égypte. Aussi me voilà décidé à les suivre. J'arrive à Lyon ; mes amis viennent d'en partir. M'y trouvant seul, je passe par Roanne pour regagner mon pays. Je revois, en passant, la jeune fille, objet de mes vœux... Elle était mariée ! Je monte en diligence et j'arrive à Azerat (Dordogne), où un curé, un de mes anciens condisciples du séminaire, m'accorda l'hospitalité pendant un an. Je lui faisais espérer que je me destinais à recevoir les ordres ; il en parla même à l'évêque de Périgueux, qui se promit d'accueillir la brebis égarée avec toute la tendresse d'un bon pasteur. Mais quelques liaisons peu apostoliques, dont le bon curé s'aperçut, le mirent à même de constater que ma vocation n'était pas fondée sur le roc. Comme il devait abandonner sa maison curiale pour se mettre en pension dans un collége voisin, il me procura un emploi de professeur et de maître d'étude au collége de Brives, où j'avais terminé mon cours de philosophie dix ans auparavant. Après les vacances, le principal me déclara que je ne pouvais reprendre mes fonctions, parce que j'étais trop familier avec les élèves.

Quelques amis à qui j'avais fait entendre plusieurs chansons excitèrent mon orgueil, au point de me faire espérer à Paris une renommée éclatante. Je cédai imprudemment à leurs insinuations exagérées, et je vins à Paris avec l'illusion en croupe. Quelques jours après mon arrivée, le préfet des études de la pension Massin me procura un emploi auprès de lui. Je n'y restai que quelques mois. La position n'était pas tenable avec des jeunes gens qui se font une joie féroce de tourmenter les malheureux *pions*, objet de leur mépris. J'en sortis affligé et malade. Un hôpital me reçut momentanément ; il fallut le quitter, avec l'incertitude d'un logement et privé de tous moyens d'existence. Je logeai, pendant plus d'un an, à trois sous par nuit, dans un garni de la rue de la Petite-Truanderie. Un ancien saint-simonien, M. Ducatel, dont la dame, associée avec quelques jeunes filles, faisait des fleurs artificielles, m'admit dans ses ateliers pour découper de la soie, du velours et de la mousseline. Il trouvait ainsi le moyen de me faire gagner ma vie.

En 1839 Mme Gatti de Gamond, qui tenait une librairie phalanstérienne, me fit à ses frais une première édition de mes fables. Presque toutes avaient été précédemment insérées dans le *Charivari*, moyennant trois sous par vers. Dès lors je me fis colporteur de mon œuvre ; emploi pénible et peu enviable, que j'ai cependant continué jusqu'à ce jour. Je ne prévois pas, hélas ! que je puisse y renoncer de longtemps. En 1840, des amis me firent une édition illustrée de dessins médiocres. Émile Souvestre avait consacré une préface à la première, me conseillant d'intituler mon recueil : *Fables populaires.* « L'auteur, disait-il, a encore beaucoup à gagner sous le rapport de la précision, de la pureté du style... Certes, des livres comme celui-ci n'ont pas la prétention d'aspirer aux lauriers académiques ; mais ils peuvent servir, dans les ateliers, à soulever des questions morales et humanitaires. » De là me vint le titre de fabuliste populaire, que j'endossai trop à la légère, vu que mes poésies ne s'adressaient à aucune classe de la société exclusivement. Il en résulta pour moi une position équivoque. Les littérateurs, les journalistes bourgeois, jugeant d'après cette enseigne, ne me prenaient pas au sérieux...

— Ses bêtes, disait M. Théodore Burette, n'ont pas d'esprit, mais du moins elles ont du cœur.

— Nous ne devons pas être sévère, écrivait un autre, envers un homme du peuple, etc...

Les ouvriers, de leur côté, sachant que j'avais fait mes études, me traitaient en bourgeois; si bien que mes camarades de la *Ruche populaire* ne voulurent pas m'admettre au rang de leurs collaborateurs. Je faisais contraste à la chauve-souris, qui se tirait à son avantage de toutes les positions critiques, tantôt oiseau, tantôt souris.

Mirecourt, dans la pseudo-biographie qu'il m'a consacrée, m'attribue une naissance dont je ne rougirais nullement si elle était véritable; et si je cherche à rectifier son erreur, ce n'est pas pour obéir à un sentiment de vanité ridicule. Mais comme le dictionnaire de Vapereau, le *Dictionnaire de la Conversation* et les journaux qui ont eu la bonté de s'occuper de moi, ont reproduit le mensonge plus ou moins volontaire de mon premier biographe, je crois ma réclamation utile et légitime.

J'ai toujours trop admiré ces nobles artisans qui ont le courage de consacrer au perfectionnement de leur intelligence les heures destinées au repos de la nuit, pour me targuer d'avoir bâillé et dormi pendant huit ans sur les bancs d'un collége aux frais de mes parents.

Ma réclamation a pour but encore d'assumer sur moi seul les fautes dont je suis justiciable aux yeux de la critique, sans avoir le droit de réclamer le bénéfice des circonstances atténuantes.

A la deuxième édition, Augustin Chaho me fit une préface, trop élogieuse peut-être, mais qui me donna beaucoup d'émulation. En 1841 j'eus besoin d'en entreprendre une troisième. Elle n'était pas encore épuisée lorsque, en 1843, j'entrai en relation avec Béranger. O grand poëte, ô mon maître, à qui je dois tant, ma reconnaissance envers toi sera éternelle !

Je m'étais marié, en 1841, avec une femme aussi pauvre que moi, qui avait eu le courage d'accepter et de partager les périls de ma position précaire. Elle est morte en 1851, me laissant un garçon et une fille dignes de l'intérêt que leur ont témoigné nos amis et les parents de ma bonne Joséphine.

En 1844, grâce à la protection de Béranger et de Scribe, je partageai avec Pierre Dupont le secours annuel légué par Maillé-Latour-Landry. Dupont reçut mille francs et moi cinq cents. Immédiatement après la distribution des prix académiques, Béranger et Scribe me recommandèrent à M. Perrotin, qui voulut bien se charger d'une quatrième édition, à condition que je le rembourserais au plus tôt de ses avances; et pourtant Scribe les lui avait garanties. J'obtins, avec cette édition, une médaille de 2,000 francs, prélevée sur les fonds légués par Montyon pour les ouvrages utiles aux mœurs. J'épuisai quelques nouvelles éditions, l'une précédée d'une préface de Pierre Vinçard, une autre, d'une introduction de Louis Jourdan, éditée par Réné, imprimeur et libraire, lorsque 1848 me mit en évidence à deux titres différents. J'eus l'occasion de faire entendre mes vers dans des clubs, des banquets, des concerts; de plus, je fus associé à Auguste Blanqui comme membre du bureau du club qu'il dirigeait au Conservatoire de la rue Bergère. Cette position dangereuse me fit remarquer des amis de l'ordre, de mes voisins les gardes nationaux, qui s'empressèrent de me traîner à la Conciergerie, sans mandat d'amener, après les journées de juin; mais Béranger obtint la faveur de me faire élargir quelques jours avant que mes co-détenus fussent transférés à Belle-Isle.

Dans l'intervalle de 1848 à 1851 je récitai souvent mes productions dans des banquets, des concerts, des représentations à bénéfice. M. Michel, éditeur de l'*Histoire de la Classe ouvrière*, par Robert, du Var, se mit en rapport avec des dessinateurs et des graveurs pour me faire une édition de luxe, précédée d'une magnifique étude sur la *Fable*, par Pierre Leroux. Michel s'est vu forcé de renoncer à la librairie après le coup d'État. Je le regrette d'autant plus que c'est le seul éditeur qui se soit occupé sérieusement de la publicité de mon œuvre.

Le coup d'État me prit un matin, dans mon lit, rue du Faubourg-Saint-Jacques, le 12 décembre, et me rouvrit les casemates de Bicêtre et d'Ivry. Béranger fit encore des démarches pour ma mise en liberté. Je le priai de me laisser subir les conséquences de ma position. Je trouvais juste et naturel de partager le sort de mes malheureux compagnons,

Bientôt nous partîmes pour le Havre, en destination de Brest et de Cayenne par la frégate le *Canada* et le vaisseau le *Duguesclin*. Le vaisseau n'alla pas jusqu'à Cayenne. Quant à moi, je fus inscrit sur la liste des exilés, grâce à la sollicitude incessante et infatigable de Béranger. Je choisis, pour y être interné, la ville de Bruxelles. Bientôt j'y publiai un petit recueil intitulé : *Fleurs d'exil.* Il se composait des morceaux que j'avais faits dans les casemates, sur les pontons et en Belgique. Deux ans après, des négociants français s'étant cotisés pour une souscription à mon bénéfice, je fis imprimer une charmante édition portant pour titre : *Œuvres complètes.*

En août 1856, au moment où j'y pensais le moins, je reçus du grand chansonnier une lettre et un passe-port pour la France. Il avait obtenu du Ministre de l'intérieur l'autorisation de me laisser passer huit jours auprès de mes amis. Les huit jours expirés, je m'empressai d'aller faire mes adieux à mon protecteur ; il me conseilla de rester à Paris, ce que je fis volontiers. En septembre, j'allai à Lyon visiter ma fille et mes parents. A mon retour, je partis, le 16 décembre, pour la Dordogne. Je voulais célébrer ma cinquantaine dans le pays natal, au berceau de ma mère.

. . . .

Après sept mois de séjour dans le Périgord, je revins à Paris, décidé à rentrer en Belgique, où m'attendait une dame qui m'a accordé une hospitalité dont elle a pris l'exemple dans madame de La Sablière et l'initiative dans son cœur tout maternel. Elle a quatre enfants ; je suis le cinquième dans ses affections. J'ai résisté jusqu'à présent aux témoignages réitérés de sa sollicitude, ayant éprouvé que le séjour de Paris est indispensable à tout homme qui met son espoir dans la publicité. Qu'on me permette ici un détail intéressant pour moi, au sujet de ma bienfaitrice.

J'avais été mis en rapport avec elle par une de ses sœurs, qui était venue du Berri lui rendre une visite. Un soir, au milieu d'une causerie familière, je lui exprimai vivement la reconnaissance que je dois aux femmes, le culte que je leur ai voué.

« Madame, lui dis-je, vous me tendez la main au bout de ma carrière poétique ; c'est une femme aussi qui m'en a ouvert l'entrée.

— Quel est son nom ?

— Madame Gatti de Gamond.

— Tiens ! c'était ma sœur cadette...

Et voilà comment l'intervention fortuite de trois sœurs dans ma destinée a été pour moi un événement presque providentiel.

M. Pagnerre est devenu mon éditeur depuis quelques années, un éditeur, je dois le dire, on ne peut plus indolent à mon égard.

J'ai habité six ans le village de Villemonble, où j'ai publié, à mes frais, un petit recueil intitulé : *Fleurs de Villemonble.* Tout récemment j'ai édité, à mes risques, un choix de cent fables, et plus récemment encore un supplément à l'édition de Pagnerre, et aux mêmes conditions, c'est-à-dire à mes frais.

J'ai soixante et un ans; le 16 octobre 1865 j'ai épousé, devinez qui?... Étiennette Barjot, veuve Labarre, l'enfant terrible qui me faisait enrager en 1831.

Pierre LACHAMBEAUDIE.

Paris le 22 Juillet 1867.

ORIGINE

De quelques-unes de mes Fables et Poésies

PRÉAMBULE

Cet opuscule n'a pas pour but d'indiquer les sources auxquelles j'ai puisé un certain nombre de mes compositions, excepté, cependant, la *Goutte d'Eau* et la *Rose la plus belle*. J'ai voulu initier le lecteur à quelques inspirations subites, imprévues, que je nommerais volontiers : *les enfants du hasard*.

Celui qui se sent dégagé de toute ambition vulgaire, de toute préoccupation matérielle, est toujours prêt à surprendre au passage le souffle inspirateur. Il entend comme un timbre éolien, mystérieux, qui l'avertit que la muse approche ; il sent comme un fluide électrique faisant éclore la fleur de poésie qui n'attendait qu'un rayon de soleil.

LA GOUTTE D'EAU

En 1834, dans un oubli incroyable de mes intérêts et de mon avenir, j'avais accepté, chez des parents, à la campagne, le lit et la table, à condition que je révélerais à deux petites filles, mes cousines, les mystères de l'alphabet. Je remplissais ma fonction avec la conscience et la gravité voulues.

Un jour, nous étions assis tous trois, mes deux élèves et moi, au foyer de la cuisine, chacune sur un banc, aux deux coins de l'âtre, et moi occupant magistralement la place d'honneur, comme doit le faire tout homme investi d'un pouvoir quelconque.

La folle du-logis venant tout à coup interrompre mes préoccupations pédagogiques, me fit lever le nez en l'air. J'aperçus, sur la cheminée, à travers les ustensiles qui l'encombraient, une chose informe, ratatinée, couverte d'une couche de fumée et de suie. Je fais tomber à mes pieds, avec un bâton, l'objet de ma curiosité.... C'était un volume dépareillé du *Spectateur anglais*, d'Addison. J'ouvre au hasard et je lis pour la première fois la *Goutte d'Eau*, dont l'invention est attribuée à Saadi. Quelques lignes suffisaient pour raconter la métamorphose si encourageante de la perle tombée du ciel. Mon imagination fut tellement frappée à cette lecture, que, le soir même, dans la nuit, j'interprétai ainsi le récit du *Spectateur anglais* :

LA GOUTTE D'EAU

Un orage grondait à l'horizon lointain,
Lorsqu'une goutte d'eau, s'échappant de la nue,
Tombe au sein de la mer et pleure son destin.
« Me voilà dans les flots, inutile, inconnue,
Ainsi qu'un grain de sable au milieu des déserts.
Quand sur l'aile du vent je roulais dans les airs,
Un plus bel avenir s'offrait à ma pensée.
J'espérais sur la terre avoir pour oreiller
L'aile du papillon, ou la fleur nuancée,
Ou sur le gazon vert et m'asseoir et briller... »
Elle parlait encore ; une huitre, à son passage,
S'entr'ouvre, la reçoit, se referme soudain.

Celle qui supportait la vie avec dédain
Durcit, se cristallise au fond du coquillage,
Devient perle bientôt, et la main du plongeur
La délivre de l'onde et de sa prison noire,
Et, depuis, on l'a vue, éclatante de gloire,
Sur la couronne d'or d'un puissant empereur.

O toi, vierge sans nom, fille du prolétaire,
Qui retrempes ton âme au creuset du malheur,
Un travail incessant fut ton lot sur la terre.
Prends courage ! ici-bas chacun aura son tour :
Dans les flots de ce monde, où tu vis solitaire,
Comme la goutte d'eau tu seras perle un jour !

Cet apologue décida de ma carrière littéraire. Une voix intérieure m'avertit qu'avec cette forme orientale, élégiaque, côtoyant le romantisme, je pouvais entreprendre un volume de fables, à condition de les faire servir au développement des idées d'avenir et des améliorations sociales.

Résolu de rompre avec la tradition, de créer un genre nouveau, je dis adieu à la mythologie, à la république des animaux. Sur les ailes de l'idéal, je parcourus les règnes de la nature, les mondes inconnus, aspirant, l'œil ouvert, l'oreille tendue, demandant une forme, des images pour revêtir ma pensée, pour donner un corps à mes croyances.

Mon vœu a été exaucé, et pendant les orages d'une vie agitée, j'ai toujours nagé d'nne main, soulevant de l'autre au-dessus des flots mon œuvre unique, mon seul espoir, mon bonheur, le témoin irrécusable de ma foi !

LA ROSE LA PLUS BELLE

Je dois ce sujet à une parabole de Krümmacher. Le philosophe allemand procède dans son récit par un trait rapide :

— L'ange des fleurs, dit-il, voulant créer la rose la plus belle, inventa la rose mousseuse.

Depuis longtemps j'étais indigné des airs méprisants des poëtes fantaisistes à l'égard des écrivains utilitaires. L'art pour l'art, voilà leur religion, leur fétichisme littéraire. Ils allaient jusqu'à s'intituler : ciseleurs. Ils taillaient des camées, des odes aux mille facettes, des sonnets diamantés....

Croyez-vous donc, Messieurs, que l'amour de la patrie et de l'humanité, l'enthousiasme pour le progrès universel n'ont pas produit des chefs-d'œuvre infiniment supérieurs à vos puérilités fantaisistes ! Une noble pensée, unie à l'élégance du style, à la pureté du langage, au lyrisme le plus harmonieux, charme bien plus que des bouts rimés vides de sens, privés de chaleur. Jamais la beauté de l'âme n'a déparé la beauté du corps.

J'espérais, tôt ou tard, trouver l'occasion de venger mes amis les humanitaires, en lançant à nos adversaires une de ces flèches qui laissent une trace indélébile partout où elles frappent. Je m'emparai de l'idée de Krümmacher; j'agrandis, j'élargis sa donnée pour rendre ma vengeance plus sûre. Déception! le trait n'alla pas jusqu'au but. Les ciseleurs n'ont pas lu ma fable, ce qui fait qu'ils se portent aussi bien qu'auparavant. Ils sont tous décorés et riches. Ils continuent de faire passer des pois par le trou d'une aiguille. Mais je ne me tiens pas pour battu : ciseleurs, garde à vous! j'ai relevé le trait; il part, il est parti!

LA ROSE LA PLUS BELLE

Un jour, l'ange des fleurs de l'Éden s'envola.
Dans un parterre il appela
Trois artistes, au front brûlant de poésie,
Tous amants de la forme et de la fantaisie.

C'étaient : une fleuriste, aux doigts capricieux,
Un poëte lyrique, un peintre audacieux,
Tous trois, fiers de marcher loin des routes connues,
Cherchant un idéal qui se perd dans les nues.
Des célestes jardins l'habitant radieux :
« Pour créer, leur dit-il, la rose la plus belle,
Rose au calice sans pareil,
Amis, j'attends de vous un utile conseil... »
La fleuriste soudain : « J'assortirais, dit-elle,
La soie et le velours à la riche dentelle.
Pour faire un tout parfait, j'ajouterais encor
Aux pétales d'argent des étamines d'or.
Telle je produirais une rose nouvelle. »
Le peintre : « On pourrait voir se fondre sous ma main
Le vermillon et le carmin.
La laque y mêlerait sa vive transparence.
Le brun le plus moelleux, le vert le plus intense
Prêteraient à ma fleur un contour gracieux,
Comme un beau cadre embrasse un tableau précieux ! »
Et le poëte, enfin, d'une voix inspirée :
« Pour créer, à mon tour, le chef-d'œuvre des fleurs,
Je veux de l'arc-en-ciel marier les couleurs
Aux feux étincelants de la voûte éthérée !... »
L'ange des fleurs sourit d'un sourire divin :
« Je le vois, leur dit-il, vous chercheriez en vain.
Sous vos yeux, sous vos pas est le beau véritable ;
La nature elle-même a tenu le pinceau.
Imitez, désormais, ce modèle adorable... »
Il prit un peu de mousse au pied d'un arbrisseau.

Avec cette fraîche auréole,
D'une rose commune il orna la corolle,
Et, dès ce jour, l'œil enchanté
De la rose mousseuse admira la beauté.

L'ÉLÉPHANT ET LE PAIN A CACHETER

Voilà un titre bizarre, biscornu s'il en fut, et dont je suis bien innocent, veuillez m'en croire. Cependant, tel qu'il est, je suis heureux d'en avoir fait une fable.

Le directeur d'un petit théâtre de Bruxelles me poursuivait depuis deux ans, en me criant du plus loin qu'il m'apercevait :

— Tu me feras une fable sur l'éléphant et le pain à cacheter !... Eh bien ! as-tu fait ma fable ?...

J'étais obsédé de cette persécution incessante.

—Quel sujet y trouves-tu, lui demandais-je, et quelle moralité ?

—Cela ne me regarde pas, répondait-il ; je ne suis pas fabuliste ; tire-toi de là comme tu pourras.

Et j'espérais toujours être délivré de mon persécuteur. Un jour, je prenais un verre de *faro* dans un estaminet ; il entre ; il m'aperçoit, et me lance devant deux cents personnes son appel formidable. Sans rien répondre, je me lève, je me dirige vers la porte.... Tout à coup je m'arrête, plein de joie et de surprise. Un mot, le verbe *porter*, venait de s'offrir à mon esprit, de passer sur mon front comme un éclair. J'allai m'asseoir en face de mon bourreau, et j'écrivis immédiatement la fable suivante :

L'ÉLÉPHANT ET LE PAIN A CACHETER

La trompe redressée et d'une voix altière :
« Sais-tu, dit l'éléphant au pain à cacheter,
Que mon dos, sans fléchir, porte une armée entière !
Atome sans valeur, sache me respecter !... »
Mais le cachet réplique : « En vain ta fierté gronde ;
Fais trêve à tes mépris, à tes accents vainqueurs.
Par la terre et les mers, à tous les coins du monde
Je porte les secrets des États et des cœurs ! »

LES DEUX RIVAGES

Je plains Timothée Trimm au sujet de la volaille truffée que quelques Sarladais, mes compatriotes, lui avaient promise annuellement, mais à des conditions offensantes, inacceptables. Le journaliste devait, selon le programme, se battre les flancs, écrire à froid un article élogieux sur le pays qui vit naître Étienne de la Boëtie, Lacalprenêde, Fénelon, etc. Aussitôt l'œuvre imprimée dans le *Petit journal*, la volaille, farcie jusqu'au bec, prenait le train express et se dirigeait sur Paris. Trimm a refusé ; il a bien fait.

Mes bons amis, si vous vouliez gagner à votre cause une plume reconnaissante, il fallait, préalablement, inonder de l'arome divin l'écrivain protée, et vous pouviez compter sur un panégyriste ardent du pays sarladais.

Je fus plus heureux en 1843. Un ami m'invita à dîner chez Philippe, rue Montorgueil. On nous servit un perdreau truffé si délicieux, arrosé d'un vin si généreux, que je dis à mon amphitryon : « Je ne suis plus digne de dîner avec vous si je ne fais pas une fable cette nuit même. »

Nous nous séparons. A peine suis-je couché, que les *Deux rivages*, dont je cherchais en vain depuis six ans à dessiner le plan, se dévoilèrent à mon esprit, comme un décor d'Opéra qui se fond dans le ciel en nuages vaporeux. J'étais attendri jusqu'aux larmes ; je frissonnais de bonheur. Voici ma fable :

LES DEUX RIVAGES

Je veux, toujours fidèle au rôle de conteur,
Rimer en quelques vers l'histoire
Dont le doux souvenir occupe ma mémoire.
Le long d'une rivière, au murmure enchanteur,
Coula mon enfance inquiète.
Confondus sur les bords, saules et peupliers
Offraient au rossignol, aux amants, au poëte,
Leurs ombrages hospitaliers.
Mille fleurs embaumaient les deux rives égales;
Et des chantres ailés les laveuses rivales
Envoyaient aux échos leurs naïves chansons:

Mais voilà tout à coup — j'avais seize ans à peine —
Qu'arrivent par centaine
Charpentiers et maçons.
Les braves compagnons, se mettant à l'ouvrage,
D'arbres en un instant dépouillent un rivage.
Les brouettes, les pieux, les haches, les marteaux
Bâtissent un canal pour maîtriser les eaux,
Au sommet du talus disposent un passage
Pour les bœufs remorqueurs qui traînent les bateaux.
Avide de trésors, moins que de renommée,
J'ai quitté, depuis lors, et mon pays natal,
Et sa rivière bien-aimée.
Puisse le positif, à nos rêves fatal,
N'avoir pas enlevé, d'une main trop puissante,
La dernière harmonie et la dernière plante
Du domaine de l'idéal !

Le cours de notre vie a toujours deux rivages :
Tous deux, dans notre enfance, et fleuris et joyeux,
Sont pleins de doux pensers, de chants insoucieux.
Plus tard, sur une rive étendant leurs ravages,
L'intérêt, les besoins et les prévisions,
Emportent la moitié de nos illusions.
Heureux, quand la vieillesse arrive,
Si quelques fleurs encor restent sur l'autre rive !

LE NID RENVERSÉ

En 1841 Émile Varin, chansonnier gracieux et spirituel, invita à déjeuner quelques amis, rue de Charonne, où il avait un emploi et son domicile. Il voulait, nous disait-il, nous régaler d'un excellent pâté, commandé depuis huit jours chez le meilleur pâtissier de la barrière de Charonne.

Nous nous mettons à table, tous doués d'un excellent appétit et disposés à faire honneur à un mets si vanté. Chacun de nous reçut de notre amphitryon un morceau formidable. Les dents allaient faire leur office, lorsque chacun s'arrêta tout court, ne pouvant avaler la première bouchée. Nous ne savions à quel monstre, à quel animal inconnu de la création attribuer la chair coriace, gluante et fade que nous avions attaquée sans la vaincre.

Parmi les convives se trouvait un jeune étudiant en médecine, qui avait sa trousse en poche. Il disséqua attentivement la bête proolématique et nous affirma que c'était... du chien! On jeta à Médor, peut-être, hélas! un ami du défunt, le pâté tout entier, dont il ne fit qu'une bouchée. Pour réparer notre déconvenue, Varin descendit et revint bientôt muni de provisions moins incongrues.

Parmi les comestibles nouveaux, un morceau de fromage, entre autres, était enveloppé dans un papier que j'eus la curiosité de lire. C'était une lettre écrite par une dame à sa sœur pendant les jours les plus terribles de notre grande Révolution. Après avoir parlé d'affaires de famille et traité de questions d'intérêt, la lettre se terminait ainsi :

« Nous ne pouvons plus remplir nos devoirs de religion ; toutes les églises sont fermées. »

C'en fut assez pour m'inspirer :

LE NID RENVERSÉ

Un oiseau désolé gémit, verse des larmes :
« C'en est fait, plus d'amour, plus d'amour, ô douleur!
L'orage a renversé le nid rempli de charmes,
L'asile où de l'hymen je goûtais la douceur...
Je perds, avec mon nid, l'amour et le bonheur! »

A sa sœur une femme, après Quatre-vingt-treize,
En ces mots écrivait : « O ma chère Thérèse,
La Révolution porte de tristes fruits :
On ne peut plus prier, les temples sont détruits ! »

Au désespoir livrée, une muse anonyme
Disait : « Je renonce à la rime !
Il s'attache à mon œuvre un génie infernal.
Hier, à l'horizon se lève un grand journal
Qui glorieusement va me faire connaître ;
Et voilà, tout à coup, qu'il vient de disparaître !
Adieu mes vers, adieu ma seule passion :
Hélas ! plus de journal, plus d'inspiration ! »

Et moi, d'un saint transport ayant l'âme saisie,
Je leur dirai : — L'amour, cet enfant immortel,
La véritable foi, l'auguste poésie,
Pour vivre, pour brûler, n'ont pas besoin d'autel.
Dût le cœur seul du juste être leur sanctuaire,
Toujours on en verrait s'exhaler la prière,
Et la flamme et les chants... Ah ! lecteurs, croyez-moi,
Car de leurs sentiments je me fais l'interprète,
Cet oiseau n'aimait plus, la femme était sans foi,
Et l'autre n'était pas poëte !

———

LES BŒUFS ET LA BERGERONNETTE
LA FÉE ET SA FILLEULE

Je venais de déjeuner chez Béranger, rue Vineuse, à Passy. J'allais prendre congé de mon protecteur, lorsqu'il me dit :

— Allez faire un tour au bois de Boulogne jusqu'à six heures du soir. Si vous ne connaissez pas Lamennais, ce sera pour vous une occasion heureuse de vous mettre en rapport avec lui. J'ai reçu un quartier de chevreuil ; nous le mangerons ensemble. A six heures précises ! n'y manquez pas.

Je ne me fis pas attendre, on doit bien le penser. Nous nous mettons à table. Béranger et Lamennais m'accablent de soins, de prévenances. Ils m'adressent des questions auxquelles je ne réponds qu'en balbutiant. Je rougissais de ma timidité, qui rendait ma langue captive. Je m'étais attendu à un rôle moins actif. J'espérais entendre les deux grands génies causer ensemble, et me laisser jouir, sans y participer, de leur conversation instructive et intéressante. Je les quittai humilié, rougissant ; et comme je désirais leur laisser une meilleure impression de ma pauvre personne, j'envoyai, le lendemain, à chacun d'eux cette fable en partie double :

LES BŒUFS ET LA BERGERONNETTE
LA FÉE ET SA FILLEULE

—

A Béranger et Lamennais

Maîtres, si devant vous je reste bouche close,
Dans un double récit apprenez-en la cause :

Deux bœufs traçant, dès l'aube, un fertile sillon,
Derrière eux voletait une bergeronnette.
« Viens-tu pour labourer ou saisir l'aiguillon? »
Dirent-ils en riant ; aussitôt la pauvrette :
« Je viens, dans vos labeurs trouvant de bons repas,
Vivre des vermisseaux qui naissent sous vos pas. »

Au temps jadis, brillait une charmante fée.
Rivale du divin Orphée,
Pour parler, pour chanter quand ses lèvres s'ouvraient,
Elle aurait attendri le cœur le plus farouche,
Et, prodige inouï ! les perles de sa bouche
Ruisselaient.

Sa filleule, un beau jour, sur ses genoux assise,
Et, muette, écoutant, la fée en fut surprise,
Et l'enfant répondit : « Quoi! vous me demandez
Pourquoi sur vos genoux je suis silencieuse?
C'est que je cueille, avide et d'une main pieuse,
Les perles que vous répandez. »

Maitres, si devant vous je reste bouche close,
Par ce double récit vous en savez la cause.

VICTOR HUGO A MONTMARTRE

Pendant les dernières années du règne de Louis-Philippe, ma femme, mon fils et moi, pour éviter la confusion et les dangers de la foule, nous allions à Montmartre, le 29 juillet. Nous retenions, dans le cabaret du *Moulin de la Galette*, une table pour dîner et une fenêtre pour jouir du spectacle des illuminations et des feux d'artifice.

En 1847, fidèles à notre habitude, nous gagnâmes, ma famille et moi, le mont des Martyrs, longtemps avant que la fête commençât. Je m'éloignai seul un moment, flairant quelque sujet de poésie, lorsque j'aperçus Victor Hugo chez un restaurateur, dans une chambre étroite, débouchant une bouteille de champagne.

Aussitôt je me sens palpiter de surprise et d'admiration; je cours à la hâte; je trouve un vieux chiffon de papier bleu, sur lequel j'écris ces vers, que le restaurateur s'empressa de remettre à leur adresse :

Partout où Victor Hugo passe,
De son front, de ses yeux mille rayons dorés
Sans cesse jaillissant, nous mettent sur sa trace.
De sa présence, amis, nous sommes honorés :
Ce soir, Montmartre est le Parnasse!

Deux jours après, je reçus trois volumes intitulés : *le Rhin*, avec cette lettre :

« Monsieur, vous m'avez envoyé *cinq* louis
» d'or, je vous envoie *trois* gros sous. Vous
» n'en ferez jamais d'autres, monsieur : Vous
» donnerez votre âme et votre poésie à la
» société; elle vous rendra de la prose.

» Agréez, etc.

« VICTOR HUGO. »

Je lui répondis sur-le-champ :

Maître, vous vous trompez au sujet de mes rimes;
Excusez si je vous reprends :
Vous avez reçu *cinq* centimes,
Moi, *trois* billets de mille francs.

LA SOURCE

Il me faudrait une plume de colibri pour écrire ce que j'éprouve, une voix de bengali pour chanter dignement la bienfaitrice dont je vais raconter la générosité. Le sujet que je traite ne déparerait pas *les Encouragements de la jeunesse*, de Bouilly.

En 1843, nous logions, ma femme, mon petit Louis et moi, au sixième au-dessus de l'entre-sol. Nous vivions du produit toujours incertain de mes fables. Je frémis en me rappelant cette phase horrible de ma vie. Que ne puis-je l'effacer de mes souvenirs et de notre passé !

Si le pain de chaque jour était difficile à gagner, combien il était plus pénible de se procurer, à chaque terme, une somme ronde, énorme relativement à notre pauvreté ! Un jour, voyant arriver le terme fatal, nous nous lamentions sur l'impossibilité de satisfaire à nos engagements, lorsqu'un peintre, un ami, pénètre dans notre mansarde et fait briller à nos yeux trois pièces de vingt francs.

— Je reviens, nous dit-il, d'une tournée artistique en Normandie, où j'ai fait le portrait d'une demoiselle dont le nom doit vous rester inconnu. Pendant quelques-unes de mes séances, j'ai trouvé l'occasion de gémir sur votre carrière tourmentée, et de voir des larmes d'attendrissement couler le long des joues de mon charmant modèle.

Un jour que je lui faisais mes adieux, elle me dit tout bas :

— M. Lachambeaudie vend ses fables un franc le volume ; demandez-lui en trois, que je veux payer vingt francs pièce.

— Voilà, mes amis, ce qui m'amène vers vous.

La manne céleste serait tombée en ce moment que nous n'aurions pas été plus heureux. Nous acceptâmes le bienfait, sans nous répandre en longs remercîments. La surprise nous avait rendus muets. Quelques jours après sa visite, j'envoyai à notre messager de bonheur la fable suivante, pour témoigner ma reconnaissance à notre bienfaitrice inconnue :

LA SOURCE

Lorsque l'été sur la terre
Étend son brûlant manteau,
Comme un Éden solitaire
Fleurit au pied du coteau
Un pré riant et fertile.
Ailleurs, quand le sol stérile
Est morne, silencieux,
Là, s'ouvre un charmant asile
Pour l'oiseau mélodieux.
Dans l'atmosphère embrasée
On voit monter, doux espoir!
Un brouillard qui, vers le soir,
Retombe en fraîche rosée...

Or, ce pré, toujours vert, même au sein de l'été,
A qui doit-il la séve et la fertilité?
C'est à la source féconde
Qui répand, sous les fleurs, les trésors de son onde.

Ainsi, dans l'obscurité
Se cache la bienfaisance,
Et, seules, ses vertus signalent sa présence.

Quand l'époque fatale du terme prochain s'avança menaçante, nouvelles angoisses, nouveaux tourments. Ils cessèrent bientôt. Le même artiste gagna notre mansarde, chargé de nous remettre trois nouvelles pièces de vingt francs, en échange de trois volumes.

— La mère de notre belle anonyme lui a donné cet argent pour s'acheter une robe de noces. Elle doit assister, à titre de demoiselle d'honneur, au mariage d'une de ses amies. Mais elle a préféré faire de cette somme l'usage que vous voyez, affirmant qu'il lui serait facile de réparer une vieille robe qui lui ferait autant d'honneur qu'une neuve.

A cette seconde surprise, devant ce bienfait réitéré, je n'osai envoyer l'expression de ma reconnaissance à ce noble cœur. Je craignais de lui faire deviner un besoin toujours pressant et de peser involontairement sur sa générosité.

Noble femme, fille si vertueuse et si bonne, accepte, en quelque lieu que tu sois, le témoignage de ma gratitude. Tes bienfaits signalés ont fermé nos blessures, ont séché nos larmes. En te vouant à ton œuvre pieuse, tu me criais : — Persévérance et courage! — Tu sais, sans doute, que j'ai répondu fidèlement à ton appel, à ton encouragement.

BOUTADE

Qu'on me permette, à propos de courage et de persévérance, de citer un petit épisode.

J'avais dîné chez une vieille dame qui tenait, à La Villette, un pensionnat de jeunes filles. Deux demoiselles, ses filles, dirigeaient les classes; elle s'occupait des détails matériels et pécuniaires de l'établissement. Ses deux demoiselles m'écoutaient peut-être avec trop d'attention lorsque je récitais mes fables, et, comme elles annonçaient des velléités poétiques, la mère avait été frappée d'une terreur salutaire : si bien qu'au dessert, et sans crier gare, elle me lança une diatribe violente contre la détermination que j'avais prise d'embrasser une carrière si périlleuse. Elle me montrait en perspective, et dans un avenir rapproché, la misère, la mort sur un lit d'hôpital, le suicide par désespoir. Je crois même, Dieu me pardonne, qu'elle alla jusqu'à prononcer le mot d'échafaud !...

J'interrompis enfin l'impitoyable Cassandre, la prophétesse de malheur par ce quatrain que je venais d'improviser :

Misère, à tes assauts ma constance est égale ;
Tu ne saurais m'épouvanter.
Que le siècle — fourmi rebute la cigale,
Toujours on entendra la cigale chanter.

LE PAYSAN ET L'IDOLE

Le sujet que je traite n'a rien par lui-même de remarquable; il doit tout son intérêt à son origine.

Un soir, me rendant au théâtre des galeries Saint-Hubert, à Bruxelles, l'idée me vint de jurer mes grands dieux que je ne ferais plus, dorénavant, une seule fable.

— J'en ai plus de cinq cents imprimées ou en portefeuille, me disais-je. J'ai parcouru tout le cercle de mes allégories et de mes moralités. Il vaut mieux consacrer le reste de mon temps et mon dernier souffle poétique à des chansons, des chœurs, des élégies, peut-être même à quelque opéra-comique.

Absorbé dans mes réflexions et dans ma résolution inébranlable, je prends place à une stalle d'orchestre. Je ne saurais dire ce qu'on jouait ce soir-là... Le premier acte n'était pas encore terminé que j'avais trouvé le plan, la morale et les vers de la fable suivante.

Fiez-vous donc aux serments des poëtes! J'en ai composé, depuis, plus de deux cents nouvelles.

LE PAYSAN ET L'IDOLE

Jadis, un paysan, n'ayant pas une obole,
Pour obtenir de l'or, encensait une idole,
Et, dans sa pauvreté, du matin jusqu'au soir,
Il bourrait, il bourrait de foin son encensoir,
Dont la senteur nauséabonde
A flots montait au nez de la divinité.
Aussi l'on accourait d'une lieue à la ronde
Pour blâmer le bonhomme et sa stupidité.
Mais l'idole, un beau jour : « Insensés que vous êtes,
Ce que vous nommez *foin*, avec méchanceté,
C'est pur encens, en vérité. »

Les rois, les sages, les poëtes
Vous diront sans détour que l'idole eut raison :
La louange sent toujours bon.

PAS PLUS SAGE QU'UN ENFANT

Un jour, j'allais à Rosny, pour visiter mon ami Achille Toupié, un littérateur à l'imagination volcanique, chez qui le tourbillon des idées en empêche la condensation : ce qui fait qu'il produit peu et rarement.

Je traverse un jardin, je monte au premier étage, j'ouvre une porte. Que vois-je? un chien, assis sur une table, les deux pattes de devant recourbées, les oreilles pendantes, les yeux humides de larmes, et la jeune fille de mon ami, un doigt étendu vers le pauvre animal, à qui elle disait :

— Tu n'es pas plus sage qu'un enfant !

Ce mot fut pour moi une révélation ; il me fit entrevoir une poétique nouvelle. L'enfant coupable, à qui sa mère a eu maintes fois des reproches à adresser, les reverse sur une pauvre bête, innocente et naïve. C'est bien là la conduite que nous tenons envers les animaux : nous les accusons gratuitement de nos vices, de nos défauts, même de nos crimes.

—Il y a, pensai-je, tout un volume de fables à faire pour retourner la morale et la diriger vers l'homme, en réhabilitant l'animal qui n'enfreint jamais les lois de la nature, qui supporte nos injures pédantesques, nos coups et nos calomnies, sans se plaindre ni se révolter. Je rassemblerai les animaux, je conseillerai aux mères d'élever leurs petits dans une crainte salutaire de leur orgueilleux despote.

— Gardez-vous surtout, leur diront-elles, d'écouter ses conseils, de suivre ses exemples!

Renouvelant, pour cette circonstance, l'exorde du Père Bridaine, je me serais excusé auprès de ces innocentes créatures de les avoir contristées en ma qualité de fabuliste, me réservant, à l'avenir, de lancer sur les hommes seuls mes apologues vengeurs!...

De ce beau projet qu'est-il résulté ? Une chanson.

PAS PLUS SAGE QU'UN ENFANT

A GABRIELLE TOUPIÉ

Air de : *Roger Bontemps.*

Une enfant toute belle
Jasait avec son chien.
« Vous avez, disait-elle,
Crié, ce n'est pas bien.
Hurler jusqu'à la rage,
Lorsqu'on vous le défend!...
Vous n'êtes pas plus sage,
Plus sage qu'un enfant.

Ce matin, sur la table
Un fromage resté,
O crime impardonnable!
Par vous fut emporté.
Ah! mangeur de fromage,
Ah! chipeur et gourmand!...
Vous n'êtes pas plus sage,
Plus sage qu'un enfant.

Sur ses pieds qu'on se dresse!
Ce jeu n'est pas nouveau.
Je suis votre maîtresse :
Monsieur, faites le beau.

Quoi ! boudeur à l'ouvrage
Et désobéissant !..
Vous n'êtes pas plus sage,
Plus sage qu'un enfant.

Mais tu verses des larmes,
Te voilà tout confus ;
Allons, tu me désarmes ;
Bichon, ne pleure plus.
Mon œil sur ton visage
Lit que, dorénavant,
Tu vas être plus sage,
Plus sage qu'un enfant. »

LE FEU DU CIEL

J'étais depuis près d'un an chez le curé d'Azerat (Dordogne), en 1835. Il m'avait accordé une hospitalité toute cordiale. Les vacances arrivant, nous apprenons qu'un jeune homme d'un bourg voisin vient d'être tué par la foudre, pour avoir voulu s'abriter contre l'orage sous un arbre.

—Voilà, me dit l'abbé Lacoste, une occasion bien malheureuse, mais bien digne d'exercer ta verve.

J'accepte vivement l'idée qu'il me suggère, et j'attends impatiemment que la nuit vienne favoriser ma muse en éveil. L'heure attendue arrive ; je me munis de quatre bouts de cierge ; nous en brûlions à discrétion toutes les nuits. Je mets près de mon chevet encre, plumes et papier ; et me voilà à l'œuvre... Du moins je l'espérais ainsi.

Ma déconvenue fut grande ; en vain je me frappai le front pendant deux heures ; en vain je m'évertuai à trouver une rime, un hémistiche ; rien ne répondit à mes efforts, pas un mot ne vint me donner le diapason d'un son, d'une idée.

Enfin, désespérant de venir à bout de l'élégie que je méditais, je me relève, j'éteins les cierges, je me recouche, résolu de m'endormir et de renoncer bravement à mon œuvre rebelle.

A peine avais-je la tête sur l'oreiller, que le quatrain suivant brille comme un mirage devant mon esprit émerveillé :

Anges, dans son tombeau déposez votre frère ;
De guirlandes de fleurs couronnez son cercueil.
Mêlez l'encens du ciel à l'encens de la terre ;
Joignez vos chants d'amour à nos hymnes de deuil.

A ce quatrain il me fut facile d'adapter un récit, et, le lendemain, j'envoyai à l'*Écho de Vézonne*, à Périgueux, l'élégie suivante, en lui annonçant le malheur arrivé la veille.

LE FEU DU CIEL

Anges, dans son tombeau déposez votre frère ;
De guirlandes de fleurs couronnez son cercueil.
Mêlez l'encens du ciel à l'encens de la terre ;
Joignez vos chants d'amour à nos hymnes de deuil.

Lorsqu'une large trombe, horrible météore,
Arrache de nos champs et les blés et les vins,
La foudre fend la nue, et ce feu qui dévore
Va réclamer sa proie au milieu des ravins.

Hélas ! pour l'éviter nulle route n'est sûre :
S'il éclatait, au lieu de frapper au hasard,
Sur le roi sacrilége et sur la ville impure,
Sur Babylone et Balthazar !...

Mais il brûle, en passant, le coursier hors d'haleine,
L'arbre de la montagne et l'arbre de la plaine,
Le vieillard qui se hâte, un bâton à la main,
Et l'enfant qui s'endort sur le bord du chemin.

Celui que nous pleurons s'en revenait, folâtre,
Et dansait au soleil, tout fier de ses quinze ans,
Quand ce grand destructeur, sur lui venant s'abattre,
N'a laissé qu'un cadavre aux bras de ses parents.

Il ne connaissait pas de bonheur éphémère,
Et ne voyait aux cieux que des étoiles d'or.
Aux enfants de son âge, aux baisers de sa mère,
Pauvre enfant, il rêvait encor !

Anges, dans son tombeau déposez votre frère;
De guirlandes de fleurs couronnez son cercueil.
Mêlez l'encens du ciel à l'encens de la terre;
Joignez vos chants d'amour à nos hymnes de deuil.

POUR UN QUATRAIN

Un jour, j'allai rendre visite à M. Le Bœuf, directeur du Jardin zoologique de Bruxelles, dans l'intention d'obtenir mes entrées de faveur. Je serais ainsi à même d'être en relation suivie avec les quadrupèdes et les oiseaux, de fraterniser avec les arbres et les fleurs. Il en naîtrait peut-être quelque poésie neuve et heureuse ; tandis que s'il fallait payer un franc pour chaque promenade, je me verrais, à regret, forcé de priver ses hôtes de ma présence.

M. Le Bœuf me répondit que ce jardin étant une propriété particulière, un objet de spéculation, aucune entrée n'avait été accordée jusqu'alors.

— Messieurs les administrateurs sont plongés trop profondément dans les chiffres et les calculs pour qu'ils se laissent prendre au charme des vers.

—Cependant Orphée attendrit des rochers, des lions et des tigres...

— Il n'avait pas affaire à des spéculateurs... Toutefois, comme ces messieurs se réunissent ce soir, je leur ferai part de votre désir. Je vous conseille pourtant de ne vous bercer d'aucun espoir.

Il dit ; nous nous séparâmes.

A peine avais-je fait cinquante pas hors du jardin que j'avais composé ce quatrain :

A MM. LES ADMINISTRATEURS DU JARDIN ZOOLOGIQUE DE BRUXELLES

Les fabulistes sont, ces très-humbles poëtes,
Parmi les animaux toujours les bienvenus.
Si l'on me laisse entrer dans le Jardin des Bêtes,
Ce ne sera, Messieurs, qu'une *bête* de plus.

J'écrivis au plus vite ces vers, et j'eus la hardisse de les déposer entre les mains du concierge de l'établissement, en le priant de faire parvenir mon billet à son adresse.

Le lendemain, je reçus du directeur une lettre conçue en ces termes :

« Ces messieurs ont ri ; ils étaient désar-
» més. Ils ont répondu qu'ayant besoin de
» bêtes *curieuses*, ils vous autorisaient à cir-
» culer librement dans leur propriété.

« *Signé :* Le Boeuf. »

Voilà ce qu'un quatrain, plus ou moins réussi, peut produire.

LA DENT

Vers la fin de l'année scolaire de 1828 j'étais à Bordeaux, en qualité de professeur, surveillant, maître d'étude, dans la pension Dupleix, rue Mériadeck. J'avais lié connaissance avec Jacques Arago au café de la Dorade, où je le voyais tous les quinze jours (mes jours de sortie). Il insérait mes fables les plus récentes dans une revue mensuelle intitulée : *le Kaléïdoscope*, dont il était directeur et rédacteur en chef.

Dans un de ses numéros il publia une énigme qui se terminait ainsi :

Je nais, je tombe, je renais ;
Mais qui me perd encor ne me revoit jamais.

Une année d'abonnement gratuit était promise à l'auteur du meilleur quatrain sur le *mot* de l'énigme ; six mois, à celui qui s'en rapprocherait le plus.

Je m'escrimai de mon mieux à dompter le sphinx ; je n'y pus parvenir.

Dans le temps où je faisais mes recherches infructueuses, une grosse dent me faisait horriblement souffrir, tellement que j'entrai chez un pharmacien, lui faisant part de mon martyre et lui demandant l'adresse d'un dentiste.

— Votre dent est-elle déjà tombée une première fois ? me dit-il.

— Oui, Monsieur.

— Eh bien, supportez votre douleur autant que possible. Si votre dent tombait encore, ce serait pour toujours.

A ces mots, je saisis le sens de l'énigme, et immédiatement j'adressai à Jacques Arago, en le lui dédiant, le quatrain suivant :

LA DENT

Maint jésuite hargneux, maint sot et maint pédant,
Gens à qui vous donnez tant de fil à retordre,
Riraient bien s'ils pouvaient vous arracher la *dent*
Qui si souvent vous servit à les mordre.

J'obtins le premier prix. Voici le quatrain qui reçut le second. J'ai oublié le nom de l'auteur. Je crois franchement que la dédi-

cace fit pencher la balance en ma faveur. Que le lecteur en décide.

Une vieille me dit : « Je vous garde une dent,
Et vous savez pourquoi... » Je réponds d'un air leste :
« Votre motif, Madame, est assez évident ;
Vous voulez me garder la seule qui vous reste. »

LE PORTEFEUILLE

A STEPHANIA

Je te dois un récit, *Stephania*, ma belle :
A ses engagements il faut être fidèle.

Sur un des fertiles sommets
Que le Rhône salue en sa course rapide,
S'élève une demeure où, de repos avide,
Le voyageur en vain n'alla frapper jamais.
Là, quand vers la mère patrie
Béranger m'appela, près d'une enfant chérie,
Près de ses bons parents affables, généreux,
Je passai quelques jours heureux.
Mais le malheur parut au milieu de la fête :
Dès l'aube, une horrible tempête
Nous assaillit ; le vent, soufflant avec fureur,
Pendant un jour entier nous glaça de terreur.
A toute émotion mon oreille tendue
Entend tinter la cloche au portail suspendue.
Je sors, un tourbillon formidable, subit,
Sur ma tête, dans l'air, fait flotter mon habit
D'où s'échappe le portefeuille
Qui cache ma fortune. O douleur, ô regrets !
Des lettres, des papiers, mes plus chers intérêts,
Il ne garde pas une feuille.

Dans les vignes, sous les buissons,
Je retrouvai quelques chansons
Éparses l'une l'autre à de longues d'istances.
Des papiers précieux un seul me fut rendu
Par un berger ; tout le reste est perdu.
J'éprouvai ce désastre aux dernières vacances.
Hélas ! auparavant un ouragan vainqueur
M'enleva des objets bien plus chers à mon cœur.
Si je pleure, au retour, de cruelles absences,
J'ai revu mes enfants, j'ai revu mes amis.
Je te retrouve aussi, faveur inespérée,
Stephania, mon adorée !

C'était là le récit que je t'avais promis.

Paris, novembre 1856.

Je dois avertir le lecteur que ma *Stephania* n'est autre qu'Étiennette Barjot, que j'ai épousée le 15 octobre 1865. C'est ainsi qu'en 1831, moi, malin et roué s'il en fut, je déguisais le nom de ma jeune amie, et cela devant sa mère ; bien persuadé que celle-ci ne reconnaîtrait pas le masque. O naïveté primitive !

Avec mes autres papiers s'étaient envolés : un billet de 50 fr., rapporté de Bruxelles ; de plus, le passeport que Béranger avait obtenu, à mon insu, pour me faciliter une huitaine de séjour en France, où je suis resté depuis, d'après ses conseils.

Le billet, après plus de quinze jours de vaines recherches, fut retrouvé par un voisin dans le tronc d'un vieux cep de vigne. Je fus d'autant plus heureux de ce succès inespéré, que je n'avais pas osé avouer à mes parents que c'était ma seule ressource pour retourner à Paris.

Quant au passeport, point de nouvelles ! ce qui me causa bien des ennuis.

Après la Toussaint, je quittai Lyon, résolu de rentrer en Belgique. Mais décembre arrivant, je réfléchis que le 16 de ce mois était le cinquantième anniversaire de ma naissance, et que je ferais bien de consacrer ce jour à un pèlerinage à la tombe de ma mère.

Quant à l'absence de passeport, je ne m'en tourmentais guère ; nulle part on ne me l'avait réclamé, et ce n'était pas dans le pays natal qu'on s'aviserait de soulever cette question.

Eh bien, le croiriez-vous, j'étais dans une erreur complète. La ville où j'aurais dû, au besoin, trouver un refuge dans des circonstances plus difficiles, où me ramenait une sainte inspiration, où j'espérais me rajeunir au berceau de mes rêves poétiques, à la source de mes illusions, cette ville fut la seule qui s'inquiéta de ma visite inattendue. Les autorités s'informèrent adroitement si j'étais ou non porteur d'un passeport en règle. Je racontai fidèlement ma mésaventure ; alors les magistrats crurent de bonne foi que je débitais une *fable,* et que j'avais fait deux cents lieues, *incognito,* pour mettre le feu à la ville.

Après quelques mois d'un séjour agité, je crus devoir, *pour leur repos et pour le mien,* les débarrasser de ma personne, moins indigné qu'affligé de leur zèle intempestif.

INFLUENCE DE L'INSTRUCTION MUSICALE SUR LES MŒURS

En 1860, parmi les almanachs dont M. Pagnerre a l'obligeance de me gratifier tous les ans, je lus dans l'*Almanach des Salons* l'annonce suivante :

CONCOURS POÉTIQUE

« L'*Initiateur* ouvre son premier concours
» de poésie sur le sujet suivant :
» INFLUENCE DE L'INSTRUCTION MUSICALE
» SUR LES MŒURS.
» Le vainqueur recevra : 1° un orgue de
» salon d'une valeur de 500 fr. ; 2° une mé-
» daille avec son nom ; 3° une somme d'ar-
» gent dont l'importance sera égale au triple
» du nombre des concurrents.
» La base de cette *mutualité*, dont le chif-
» fre peut devenir fort élevé, repose sur cette
» condition essentielle, que *chaque concurrent*
» *doit être abonné* à l'Initiateur. A cet effet,

» les auteurs devront envoyer un mandat de
» 10 fr. ou *cinquante timbres-poste de* 20
» *centimes.*

» Les deux concurrents qui approcheront
» du prix obtiendront une mention et rece-
» vront, ainsi que le lauréat, le journal *gratis*
» pendant l'année courante.

» Le prix sera décerné à Paris, du 15 au
» 31 janvier 1861, dans une brillante solen-
» nité littéraire et musicale, à laquelle con-
» courront les premiers artistes de la capi-
» tale.

» Le sujet ne sera traité qu'en vers alexan-
» drins, au nombre de cinquante au moins et
» de quatre-vingts au plus.

» Chaque auteur devra envoyer, avant le
» 10 novembre, terme de rigueur, DEUX CO-
» PIES de son ouvrage (écrites très-lisible-
» ment), avec une épigraphe ou devise, soit
» française, soit latine, se rapportant à la
» musique. Il y joindra un billet cacheté
» contenant : 1° la même devise ; 2° son nom
» et son adresse ; 3° le numéro d'ordre qui
» sera sur sa quittance d'abonnement ou sur
» la bande du journal.

» La pièce de vers qui aura obtenu le prix
» sera publiée dans l'*Initiateur* avec le nom
» des dix juges, et cinquante exemplaires,
» tirés sur très-beau papier, seront remis à
» l'auteur.

» Un titre imprimé sera inféré au lauréat
» et aux deux accessit.

» L'*Initiateur* annoncera deux fois, vingt
» et dix jours d'avance, le jour de la céré-
» monie et le programme des lectures et du
» concert. Tous les abonnés à l'*Initiateur*
» auront droit à des billets d'entrée. »

Ce sujet s'accordait trop bien avec mes convictions pour ne pas m'en saisir avec transport ; je l'attaquai résolûment et j'en sortis bientôt victorieux.

Voici comment je l'avais traité :

O divine mélodie,
Que tes accords sont puissants !
(Romance.)

Afin que la musique électrise nos âmes,
Autant que l'alphabet étudions les gammes.
Ce n'est pas seulement pour charmer nos loisirs ;
Mais la moralité naîtra de nos plaisirs.

Des siècles écoulés évoquant la mémoire,
De cet art anchanteur écrirai-je l'histoire?
Ce serait pour ma muse un effort insensé :
Je chante l'avenir, et non pas le passé.

D'une éducation mélodieuse et sainte
Toujours dans les esprits se conserve l'empreinte.
Comme un vase imbibé d'une exquise liqueur,
Des riants souvenirs se parfume le cœur.

Par un rhythme infini notre âme étant bercée,
Sent des mauvais instincts se fondre la pensée.
Dans nos relations règnent l'aménité,
L'élégance, la grâce et la sérénité.

Montaigne, tout enfant, entr'ouvrant la paupière,
Se réveillait au son des instruments; son père
Voulait lui ménager avec suavité
Le passage du rêve à la réalité.

Ah! que, dorénavant, vibrent à nos oreilles
Les nobles sentiments, les sublimes merveilles.
Pour ce but glorieux et régénérateur
S'uniront le poëte et le compositeur.

Combien de fois, autour de la nappe rougie,
On entendit hurler les refrains de l'orgie!
L'ouvrier, détonnant à ce diapason,
Perdait tout à la fois son cœur et sa raison.

Que fait-il aujourd'hui? sa tâche terminée,
Va-t-il au cabaret dépenser sa journée?

Vers la leçon chorale, en quittant l'atelier,
Il marche, fredonnant un motif familier.

Hors des villes, voyez! cette ardeur se propage.
Il ne sera bientôt bourgade ni village,
Ouvriers et bourgeois répondant à l'appel,
Qui ne mêlent leur voix au chœur universel.

Vous les verrez, après ces passe-temps utiles,
Alertes, chaque jour rendre leurs champs fertiles,
Et, plus joyeux, penchés sur leurs rudes travaux,
Exercer leur mémoire à des concerts nouveaux.

La musique attendrit le cœur le plus barbare;
Même elle fait ouvrir la bourse de l'avare.
Les chanteurs savent-ils des maux à secourir,
Aussi prompts que l'éclair on les voit accourir.

Au lieu des vieux drapeaux, criblés dans les batailles,
Flottent des étendards couronnés de médailles.
Oubliant les partis et les dissensions,
Ils brûlent d'envahir toutes les nations.

A qui chante l'amour qu'importe une frontière?
A lui l'air, et l'espace, et la nature entière.
A d'autres les détours et les raisons d'État:
Pour lui tout homme est frère, au lieu d'être soldat.

Dans un chœur incessant chaque voix est unie;
Partout se fait entendre une sainte harmonie,
Et les hommes, goûtant les doux fruits de la paix,
O Musique, art divin, te doivent ces bienfaits.

Deux copies étant faites de ce petit poëme, je les mets sous enveloppe, avec l'épigraphe et le billet obligés ; je me rends rue du Pont-de-Lodi, 5. Je monte au cinquième étage; au fond de la cour, à gauche ; je frappe :

— Entrez !

J'entre et je vois un graveur sur bois assis devant son établi.

— Que désirez-vous, Monsieur ? me dit l'artiste.

— Je viens remplir les conditions indiquées dans le programme que vous avez publié.

— Hélas ! Monsieur, le journal est un mythe, et le concours aussi. Quelques-uns de mes amis et moi nous nous étions dit : ceux qui font des vers sont si nombreux en France que nous serions bien surpris de ne pas obtenir, pour le moins, quatre ou cinq mille souscripteurs. Avec le prix des abonnements nous serions à même de fonder notre journal et de prélever les frais nécessaires au tournoi poétique.

Malheureusement, Monsieur, vous seul avez répondu à notre appel ; voilà pourquoi nous n'avons ni journal ni concours.

Je sortis tant soit peu mystifié, bénissant toutefois le hasard qui m'avait fourni l'occasion d'ajouter à mon recueil une poésie intitulée : INFLUENCE DE L'INSTRUCTION MUSICALE SUR LES MOEURS.

Je disais :

Pour ce but glorieux et régénérateur
S'uniront le poëte et le compositeur.

Hélas ! mon espoir n'est qu'un rêve. Les éditeurs de musique, les journaux orphéoniques, les organisateurs de concerts ne partagent ni mon désir ni mes illusions. Toutes les fois, à de rares exceptions près qui confirment la règle, toutes les fois que je jette les yeux sur un catalogue, un journal spécial, une affiche, un programme, je vois fatalement le compositeur signalé à l'exclusion de l'auteur des paroles. Ces messieurs, évidemment, n'attachent d'importance qu'à la musique, au mépris de la poésie, deux arts qui se marient si bien ensemble ! Ils me paraissent ne regarder le chant que comme un exercice grammatical de solfége et de vocalise.

Cela faisant, ils nuisent à nos intérêts en

même temps qu'ils blessent notre amour-propre. La société des auteurs et compositeurs, quand elle fait ses recensements trimestriels, ne voyant sur les affiches et les programmes que les noms des compositeurs, ignore ou néglige les noms des auteurs de paroles.

Quant à moi, qui suis loin d'être favorisé par la fortune, ce n'est pas la considération de mes intérêts froissés qui me préoccupe le plus, mais je suis très-chatouilleux quand il s'agit d'une publicité légitime.

Je vais raconter un épisode récent, où le sérieux l'emporte sur le comique :

Mon fils vint dernièrement m'avertir qu'on annonçait *Le fond du verre* au Cirque du Prince impérial.

Moi qui regarde toute réunion artistique comme une solennité religieuse, tout lieu de spectacle comme un temple, je suis heureux de communier par le corps et par l'âme avec le public que j'aime, avec les arts qui me charment. Aussi m'empressai-je de me rendre au théâtre au jour et à l'heure indiqués.

A proportion que je lisais l'affiche, je sentis

mon nez s'allonger quand j'arrivai à cette ligne : *Le fond du verre*, chœur, de Riga, de Riga tout seul ! Et cependant, c'est moi qui lui ai donné le titre, le sujet, les développements, les nuances.... *sic vos non vobis!*

Je me résigne pourtant et je traverse péniblement les ondulations d'une queue interminable, espérant recevoir, comme fiche de consolation, un billet de faveur. Arrivé au contrôle :

— Qui êtes-vous, monsieur ?

— Je suis l'auteur des paroles du *Fond du verre*.

— Je ne vous connais pas, votre nom n'est pas sur l'affiche.

Me voilà, c'est le mot, tout à fait *déconcerté*. Je sens mon nez s'allonger de plus en plus ; je sors confus, humilié. Je cours au hasard, à travers une pluie froide, versant de vraies larmes de tristesse et de découragement.

Puisqu'il en est ainsi, je conseillerai aux compositeurs d'adapter, dorénavant, à leurs notes des syllabes sans suite, des mots vides de sens; de faire pour leurs œuvres ce qu'on appelle des *monstres*. Alors, le chant choral, dépouillé de son ampleur poétique, de l'élément fraternel qui charme, instruit et moralise, ne sera plus qu'une petite muse, *musica*.

Ce n'est pas ma personnalité qui m'inspire, c'est pour tous mes frères lésés que je soulève cette question importante. Je désire vivement qu'elle soit prise en considération par les journalistes compétens en pareille matière ; c'est un droit que je réclame, une injustice que je combats, un principe que je défends.

BÉNÉDICTION

Un jour, je m'acheminais de Villemomble jusqu'au chemin de fer du Raincy, lorsque j'entendis mon nom prononcé à haute voix. On m'appelait ; je me retourne. C'était le propriétaire d'un grand café de Paris qui depuis quelques années habite le village de Gagny. Il était en voiture, conduisant une dame jusqu'à Montreuil. Il me rejoint et m'offre obligeamment une place à côté de lui. J'accepte sans hésiter son aimable invitation.

Me voilà le nez au vent, aspirant des gouttes d'une pluie fine, circonstance qui me devint bientôt indifférente, car je me sentis subitement transporté vers les sphères poétiques. Un sujet, que je couvais inutilement depuis longtemps, prenait corps, se développait insensiblement ; si bien qu'arrivés au mur d'enceinte, une poésie nouvelle venait d'éclore ; elle avait pour titre : *Bénédiction !*

Pendant toute la route je n'avais pas adressé

un mot à mon voisin, à ce complaisant ami. Je m'excusai de mon mieux, en lui disant que je lui étais redevable d'un morceau de poésie que le chemin de fer ne m'aurait certes pas inspiré. Il accueillit généreusement mon excuse, me conduisit jusque chez lui, à Paris, où je lui donnai les prémices de mon œuvre improvisée.

BÉNÉDICTION

Parmi les souvenirs de mon adolescence,
Se dresse un bon curé, plus gourmand que savant.
De mon père il était oncle par alliance.
Le dimanche, à sa table on me voyait souvent.
Il buvait dans un verre, à la surface peinte,
Qui, rempli jusqu'au bord, contenait une pinte.
Il le vidait d'un trait; à partir du menton,
Après chaque rasade, il lâchait un bouton
De sa longue soutane, et, la chose est certaine,
Le repas terminé,
Il en avait déboutonné
Une dizaine.
Dix fois, en savourant les vins délicieux
Dont sa cave était toujours pleine,
Vers le ciel il levait les yeux,

De ses deux mains tenait bien haut son verre,
Et, plongé dans l'extase et la félicité,
Il bénissait de Dieu l'ineffable bonté.
Moi, jeune néophyte et précoce trouvère,
Bien repu, j'approchais gaîment
D'un orgue sans clavier, monotone instrument.
A grand renfort de manivelle,
Je répétais la kyrielle
De sept ou huit vieux airs qui ne changeaient jamais.
S'étant fait de ces sons une douce habitude,
Le saint homme écoutait avec béatitude,
Et lorsque je me retournais
Pour contempler sa face auguste,
Il dormait du sommeil du juste.

Peut-être ce parent m'a-t-il légué sa foi.
Mais, oh! combien je le préfère!
Mon esprit et mon cœur, du progrès c'est la loi,
De ma reconnaissance ont élargi la sphère.
A tout ce qui fut bon, à tout ce qui fut grand,
Certe, on ne me trouva jamais indifférent.
Tout élan généreux, tout ce qui brille ou chante
Électrise mes sens, m'éblouit et m'enchante ;
Et lorsque la nature, aux tableaux infinis,
De ses riches couleurs m'accorde une parcelle,
Lorsque de mon cerveau jaillit une étincelle,
Je dis avec transport : Mon Dieu, je vous bénis !

Fin de l'origine de quelques-unes de mes Fables
et Poésies.

MÉLANGES

SI VOUS BUVEZ

Je venais d'être réintégré au séminaire de Sarlat, en 1825, à la sollicitation de M. Noël, curé de Montignac. Ce prêtre vénérable, ce digne apôtre de l'Évangile, avait pris pour modèle saint Vincent de Paul et Fénélon. Il n'eut jamais d'ennemis que parmi les enfants de Loyola.

Vers la fin de novembre, Mgr de Lostanges, évêque de Périgueux, était au milieu de nous, dirigeant une retraite. Il me fit appeler aux pieds de Sa Grandeur, et me demanda de lui donner par écrit un témoignage de ma conversion. J'avais été expulsé l'année précédente pour avoir méchamment dérobé un gâteau à notre professeur de rhétorique. Je devais aussi déclarer dans quel but j'avais frappé de nouveau à la porte du sanctuaire.

Dans une profession de foi ardente je me déclarai illuminé d'une vocation sincère ; je jurai de me consacrer à Dieu et au service de ses autels.

Mais le dieu de la poésie, de la poésie profane, me guettait pour une apostasie flagrante. Voulant donner un démenti éclatant à ma déclaration de principes, il m'inspira ma première chanson :

SI VOUS BUVEZ

AIR : *Si vous m'aimez...*

Si vous buvez, la sombre maladie
Va pour jamais abandonner vos toits ;
Sur votre front une couleur fleurie
Brillera plus que la pourpre des rois,
Et vous irez jusqu'à cent ans de vie, } *bis.*
Si vous buvez, si vous buvez. }

. . . .

(Ici suivait un couplet chauvin, dont je fais grâce au lecteur.)

Si vous buvez, Phébus prendra sa lyre
Pour échauffer vos magiques travaux.
Le dieu des nuits, avec un doux sourire,
Sur vos chevets répandra ses pavots,
Et vous vivrez dans un heureux délire,
Si vous buvez, si vous buvez.

Si vous buvez, les grâces du génie
Viendront en foule orner votre burin ;
Anacréon chanta pour son amie
De tendres vers que lui dictait le vin....
Vous parviendrez à sa douce harmonie,
Si vous buvez, si vous buvez.

Si vous buvez, le fils de Cythérée
Déposera ses traits empoisonnés;
Vénus viendra, de plaisirs entourée,
Et les Amours, de lierre couronnés,
De vos lambris assiégeront l'entrée, } *bis.*
Si vous buvez, si vous buvez. }

Je n'eus garde de tenir mon œuvre cachée : les muses ne sont pas discrètes. En deux jours de temps les échos des salles de récréation retentissaient de mes couplets.

M. l'abbé Audierne, vicaire général, secrétaire de Monseigneur, vint déclarer solennellement qu'il était chargé de me présenter des félicitations. En témoignage de la satisfaction que Sa Grandeur éprouvait d'avoir un poëte parmi ses néophytes, il nous était octroyé une bouteille de vin pur, une saucisse supplémentaire et une promenade exceptionnelle pour le lendemain.

Tout fier de ce succès, je demande une sortie; je cours chez M. Dauriac, imprimeur de la ville; je commande cinq cents exemplaires de ma chanson, sur papier vélin, satiné. Dans l'intervalle, j'ouvre parmi mes condiciples une liste de souscription, qui se couvre de signatures. Dans la huitaine, tout palpitant de joie, je délivre à chaque souscripteur un exemplaire de ma poésie anacréontique.

Le lendemain, quelle surprise! On m'éveille à quatre heures; on me presse de m'habiller et de me rendre auprès de notre supérieur, qui m'attend dans sa chambre, avant la prière du matin.

Je m'empresse de répondre à cet appel précipité, espérant, troubadour crédule, trop novice apprenti de l'école casuistique, recevoir de nouveaux éloges, une récompense due au talent qui venait de se révéler.

— Monsieur, me dit le supérieur, vous allez faire votre malle et retourner chez vos parents.

— Pourquoi donc? fis-je tout déconcerté.

— Parce que vous avez donné à votre poésie, qui devait rester inédite, une publicité scandaleuse. Nous allons, grâce à vous, passer dans le monde pour des disciples de Bacchus et de Vénus. La vocation dont vous vous êtes vanté auprès de Monseigneur était illusoire. Allez demander au monde qui vous réclame un emploi approprié à vos facultés poétiques.... partez !

Et, tout interdit, j'allai faire mon paquet et quitter pour toujours le séminaire, sans pouvoir adresser mes adieux à mes amis, à mes camarades.

LE TORRENT

— Je voudrais bien m'en aller ! Il est dix heures ; nous sommes ici depuis ce matin ; je demeure boulevard Montparnasse ; ma femme sera inquiète si elle ne me voit pas rentrer.

Je parlais ainsi à mon voisin de droite, à un jeune homme en blouse blanche. Nous étions attablés, plus de deux cents, dans les salons des Cuisiniers réunis, barrière des Amandiers. C'est là qu'en sortant du Père La Chaise, après l'enterrement d'un pauvre homme de lettres mort à l'Hôtel-Dieu, nous nous étions donné rendez-vous, plusieurs amis et moi, pour nous rafraîchir. Nous étions aux plus longs jours du mois d'août, en 1849.

— Ne vous en allez pas encore, me disait l'homme à la blouse blanche ; nous avons encore un litre à boire et vous nous réciterez aussi une fable de plus. Tout le monde désire vous entendre. Quel est le titre du morceau que vous allez réciter?

— *Le Torrent*... Mais il me semble qu'on parle de mouvement de troupes; on me dit que des sergents de ville entourent l'établissement... Je voudrais bien m'en aller.

— Ne craignez rien; je vous accompagnerai. Allons; un verre de vin, et exécutez vous. Citoyens, nous allons entendre le frère Lachambeaudie; il va nous dire *le Torrent*.

On me prête l'attention à laquelle j'étais habitué dans ces réunions sympathiques. Mon récit terminé, l'homme à la blouse blanche se décide à me laisser partir; il me prend par le bras et me conduit jusqu'à la porte.

— Arrêtez celui-là!

Crie-t-il à des hommes de la police postés à l'entrée.

On me traîne jusqu'au corps de garde le plus prochain.

Là, le commissaire de police demande mon nom et la cause de mon arrestation. L'homme à la blouse blanche se baisse vers lui et lui dit : je suis, vous savez, Lecomte... Monsieur est un tel ; il vendait des volumes de fables ; il a dit : *le Torrent!*

Et il part, pour donner d'autres indications à ses acolytes.

A minuit, nous partîmes vers la Conciergerie, entre deux rangs de soldats et accompagnés d'une nuée de sergents de ville. Nous étions soixante-quatre, y compris tous les cuisiniers associés.

Le lendemain, dans la cour, je vis Proudhon, qui me donna une casquette pour remplacer mon chapeau perdu dans la bagarre. Après quatre jours de prévention, je fus emmené auprès du juge d'instruction.

— Vous êtes accusé, me dit-il, d'avoir poussé des cris nocturnes, et principalement d'avoir dit : *le Torrent!*

— Pour ce qui regarde le récit, lui répondis-je, c'est vrai; et je me fais un devoir de le réciter dans toutes les réunions où l'on veut bien m'entendre; même, si vous étiez assez bon pour me prêter votre attention, je serais heureux de vous faire connaître ce morceau.

— Volontiers.

Et je récitai :

LE TORRENT

Des flancs d'une montagne une onde jaillissante,
Torrent impétueux, cascade mugissante,
Creusait d'affreux sillons dans les champs désolés.
Elle avait renversé mainte digue impuissante.
Un jour, aux paysans, vers la source assemblés,
Un voyageur disait : « Pour cette onde sauvage,
Qui tout entraîne et tout ravage,
Pratiquez dans le roc un oblique chemin,
Et par mille détours vous la verrez, docile,
Suivre le cours lent et facile
Que lui tracera votre main,
Et de ses rives odorantes
Se répandra la vie en vos moissons riantes. »
Le conseil était bon, et, dès le lendemain,
Pleins d'espérance et de courage,
Nos gens se mirent à l'ouvrage.
On fit un doux ruisseau d'un torrent destructeur,
De l'ennemi d'hier on fit un bienfaiteur.

Que l'amour remplace la crainte ;
Par la menace et la contrainte
Un mauvais naturel est en vain combattu.
Mais l'éducation fraternelle, prudente,
De chaque passion adoucissant la pente,
D'un vice originel peut faire une vertu.

Plus j'avançais dans ma narration, plus ma voix était émue; si bien qu'à la fin le juge d'instruction me tendit la main et me pressa la mienne affectueusement, en me recommandant de persévérer dans ma bonne résolution.

Et il sortit.

Après son départ, son secrétaire, dont j'apercevais à travers des barreaux la mine peu rassurante, m'interpella ainsi :

— Monsieur, vous vendez vous-même vos fables?

Une frayeur me saisit; je crus que j'allais être retenu pour délit de colportage.

— Oui, Monsieur, répondis-je en tremblant.

— Eh bien, vous m'en enverrez vingt exemplaires. Je veux les répandre parmi mes amis.

A peine m'adressait-il cette commande, à laquelle j'étais loin de m'attendre, qu'on vient me chercher pour me rendre à la liberté.

AIMÉE

Aimée, ma chère cousine, voici une anecdote de notre enfance qui fleurit toujours dans mon cœur. La première fois que je te vis, tu m'apportais un présage, une révélation. Tu n'as jamais su quelle influence tu exerçais sur moi... Eh! sais-tu si la fleur sent les parfums dont elle nous enivre, si le diamant se doute de l'éclat dont il nous éblouit?

J'avais six ans, et toi aussi... Nous sommes du même âge.

J'étais à genoux... C'était la punition la plus douce que la sévérité paternelle se plût à m'infliger. Tout à coup, tu m'apparus, belle, imposante et grande : tu avais quelques marches à descendre pour arriver jusqu'à moi. Une lumière t'environnait.

Mon père, te prenant par la main, te dit :

— Tu vois ce garçon... c'est Pierre... ton cousin... un mauvais sujet... qui ne mérite pas que tu l'embrasses.

Mais toi, n'écoutant que ton cœur, tu vins

me relever, en rachetant par un baiser ma peine humiliante.

Toutes les fois que je songe au sens symbolique de cette apparition, je me souviens que la lumière qui t'entourait n'était pas une auréole céleste, mais un reflet du soleil ; tu n'étais pas un ange, une sainte, une déesse, une fée, mais une femme, supérieure à moi ; peut-être une prêtresse... Je t'ai reconnue dans la Velléda de Maindron.

Souvent, dans ces élans d'orgueil où l'on se suppose prédestiné pour quelque haute mission, j'ai cru que tu m'avais sacré *poëte de la femme.*

Aimée, ma chère cousine, voilà une anecdote de notre enfance qui fleurit toujours dans mon cœur.

L'OISEAU BLEU

O mes poétiques rêves,
Venez tous me consoler,
Et toi, martinet des grèves,
Jusqu'à moi daigne voler.
Oiseau bleu, couleur du temps,
Reviens avec le printemps.

Fleur de lin, si dans la plaine
Se joue un zéphir léger,
Quand te frôle son haleine,
On croit te voir voltiger.
Oiseau bleu, couleur du temps,
Reviens avec le printemps.

Papillon de la prairie,
Beau sylphe aux ailes d'azur,
Apparais ! l'herbe est fleurie,
L'air est frais, le ciel est pur.
Oiseau bleu, couleur du temps,
Reviens avec le printemps.

Fille des cieux, espérance,
Toi qui sèches tant de pleurs,
Rends-moi, rends-moi de l'enfance
Le prisme aux mille couleurs.
Oiseau bleu, couleur du temps,
Reviens avec le printemps.

O mes poétiques rêves,
Venez tous me consoler,
Et toi, martinet des grèves,
Jusqu'à moi daigne voler.
Oiseau bleu, couleur du temps,
Reviens avec le printemps.

J'ai toujours nagé dans le bleu ; le bleu est ma couleur de prédilection. Si j'avais été troubadour du temps de la chevalerie, j'aurais choisi pour ma dame celle que j'aurais vue ceindre l'écharpe azurée. Toutes les fois que j'ai lu ce conte enchanteur, toutes les fois que je me suis souvenu de l'oiseau mystérieux, *couleur du temps,* je me suis senti imprégné de féerie, d'idéal. C'est sous l'influence d'une de ces impressions que j'ai composé ma chanson. Deux traits de ma vie poétique se rattachent à ces couplets légers.

C'était à Bruxelles, en 1854. Deux voyageurs revenus d'une tournée dans les Ardennes me dirent : nous devons à votre chanson *l'Oiseau bleu* une émotion charmante, une vive surprise. Tout en faisant la sieste sur un tertre qui domine une riche vallée, nous nous mîmes à chanter en duo votre romance. A peine avions-nous terminé le dernier refrain, que d'un buisson, à deux pas de nous s'envole un oiseau bleu. Jugez de l'impression qui nous saisit! Il nous tardait de vous en faire part.

A quelques jours de là, nous dînions, plusieurs amis et moi, sur la route de Laeken, dans un restaurant champêtre, entouré d'un fossé plein d'eau. Les joncs, les glaïeuls, mille plantes aquatiques faisaient une bordure odorante délicieuse à voir. Le dessert arrivant, une dame m'invite à chanter l'*Oiseau bleu*. Au dernier couplet, le fils du restaurateur, qui, certes, ne m'avait pas entendu, accourt tout empressé et présente à la dame qui m'avait engagé à chanter un oiseau bleu, un martin-pêcheur.

— Vous le garderez, lui dit-il, en le nourrissant de petits poissons.

Cette nouvelle surprise, due à une poésie sans importance, fut l'objet d'un long entretien.

La dame emporta l'oiseau dépaysé, avec l'intention de lui donner tous ses soins. Mais lui sauvage, insociable, ne voulut rien manger, ne répondit à aucune caresse. Il sautait, il sautait le long de la muraille, poussant des cris plaintifs, désespérés. Le lendemain, il était mort. On le fit empailler; j'allais quelquefois le voir, il était perché sur une branche, retenu par un fil de fer, sur une cheminée. Alors, laissant errer mon imagination dans les espaces vaporeux où s'égare la pensée, je croyais retrouver l'oiseau bleu de mes rêves.

Cet oiseau, c'est l'idéal. Il se laisse quelquefois entrevoir; mais il perd son prestige, il meurt si l'on parvient à le saisir... Psyché, souviens-tôi de l'Amour.

LE PATOIS

A ACHILLE TOUPIÉ

Dans une soirée où mon nom fut prononcé à propos de poésie, des juges sévères m'accusaient d'écrire en patois. En vain tu pris ma défense; l'aréopage fut inflexible. Cette grosse injure me blessa tout d'abord ; puis je me demandai si je la méritais; et, enfin, me redressant dans ma fierté périgourdine, je caressai l'espoir que mes Aristarques pouvaient bien avoir dit vrai, et leur reproche devint une louange.

Plus d'une fois, après m'avoir entendu réciter des fables, des auditeurs m'ont dit :

— Vous êtes Méridional; on le devine à votre accent. Mais, ajoutaient-ils, c'est un charme de plus dans la diction poétique.

Un de mes amis me fit un sensible plaisir, en m'affirmant qu'à la lecture de mes vers il sentait le cru du Midi, comme on distingue à l'odorat, au palais, certain vin qui sent la violette, le bergerac, qui distille le miel. C'est un grand bonheur pour l'écrivain quand on devine à la lecture de ses œuvres quel terroir les vit naître, quel soleil les réchauffa. Telle contrée exhale un parfum de naïveté, telle autre laisse poindre la malice natale; une troisième est plus religieuse, une autre plus héroïque. Faut-il longtemps pour s'apercevoir que La Fontaine est Picard, que Montaigne est Gasçon, que Brizeux est Breton? C'est qu'ils n'ont pas oublié leur patois, et tous en sont fiers, et cela leur donne un beau cachet d'originalité. George Sand n'a-t-elle pas puisé à pleines mains dans le patois berrichon, pour en parfumer des chefs-d'œuvre de grâce et d'originalité? Eh! qui jamais s'est écrié avec mépris : George Sand écrit en patois? Ami, ne parle pas, n'écrit pas le patois qui veut.

Toi qui lis Jasmin dans sa langue natale, ne trouves-tu pas qu'il reçoit de cet idiome une sonorité, un pittoresque que le français est loin de posséder? Tu as lu les fables limousines de Foucaud; de combien de détails charmants n'enrichit-il pas les sujets qu'il traite après La Fontaine!

Le patois me représente l'églantier, et le français le bourgeon greffé sur la plante champêtre. La rose élégante a beau se pavaner sur le rosier orgueilleux; l'un et l'autre vivent de la substance du sauvage nourricier. Le patois, c'est la pêche mangée à belles dents, avec sa peau veloutée, avec son carmin odorant ; le français, c'est la pêche pelurée soigneusement avec le couteau, prise par une main délicate et coupée en quartiers. Le patois, c'est la fraise des bois si parfumée ; le français, c'est la fraise cultivée et molle. Le patois, c'est la bonne et gaillarde nourrice, la fringante Perrette, qui marche en cotillon simple et souliers plats, et le français, c'est la fille des champs, devenue grande dame, et qui laisse briller sous ses riches atours la vigueur et la beauté originelles.

Tout jeune, j'hésitais à parler français, cette langue me paraissant être la langue de l'aristocratie. Lorsque je revois mon pays, après une longue absence, on est tout surpris de m'entendre parler patois mieux que les paysans à dix lieues à la ronde. S'il n'affectait pas des formes si multiples, qui le rendent inintelligible aux diverses latitudes d'une même contrée, le patois se prêterait merveilleusement aux développements, aux tableaux que la fable emprunte à la nature. Certes, j'avoue qu'une langue universelle, méthodique, régulière, châtiée, serait plus favorable aux relations, au commerce, à la fraternité des peuples ; mais la poésie y perdrait, je crois, de sa fraîcheur et de sa naïveté.

Quant à moi, j'aimerai toujours la douce senteur de l'églantine, la suavité de la fraise des bois et le velours de la pêche.

SI NOUS AVIONS DIX SOUS

Un matin, un ami, qu'entre nous socialistes nous traitions de fou, d'exalté, vint me chercher au boulevard Montparnasse, où je demeurais. Il désirait se livrer avec moi aux élucubrations à perte de vue de nos rêves d'avenir. Je le suivis, après nous être lestés préalablement d'une bonne soupe aux choux. Nous traversons le Luxembourg, nous longeons les quais qui bordent la Seine ; toujours causant, toujours nous évertuant à qui mieux mieux à réformer radicalement la société. Plus d'oisifs! disions-nous, plus de pauvres! chacun assuré du minimum! à chacun le pain quotidien pour prix d'un travail attrayant!

Nous voilà sur le boulevard de la Madeleine.

A huit heures du soir nous étions arrivés à la porte Saint-Martin.

La faim, que nous avions supportée sans

nous en apercevoir, se fait tellement sentir, que d'un élan commun nous nous demandons l'un à l'autre si nous n'aurions pas de quoi manger un morceau. On se fouille; pas un sou entre nous deux : poches vides, estomac grondant.

— Si nous avions dix sous!

— Comment les dépenserions-nous ?

— Un sou de pain, deux sous de fromage, deux sous de vin pour chacun de nous, cela ferait notre pièce de dix sous. Mais ne pensons pas à cela. Dans ce désert d'hommes qui peuplent Paris nous ne trouverions pas un seul individu, pas un seul être pour qui nous rêvons un avenir si beau qui pût disposer en notre faveur de la bagatelle de cinquante centimes.

— Allez travailler !

Nous dirait le premier à qui nous adresserions notre requête, pendant que nous suons sang et eau pour faire des plans qui assurent son bonheur.

Pendant qu'excités par la faim, cette mauvaise conseillère, nous accusions, injustement sans doute, les hommes, nos frères, d'inhumanité, le sort se montra généreux envers les deux apôtres de la foi nouvelle. Comme j'ai toujours été doué d'une vue perçante, je découvris dans le ruisseau qui longe le trottoir du faubourg Saint-Martin une pièce de dix sous! Nous réalisâmes sur le champ le festin que nous avions tant désiré, sans y croire, et cette trouvaille imprévue ne contribua pas peu à grossir à nos yeux notre importance morale, puisque le hasard lui-même daignait se faire notre providence.

LE PIGEON VERT

FABLE

Il est beau de chercher à se distinguer, à se faire remarquer, à briller par des talents, des vertus ou de rares hauts faits. Mais vouloir attirer les regards par des excentricités sans but, sans utilité, c'est s'exposer au ridicule, au mépris, à mille dangers.

Le vert est la couleur que la nature se plaît à répandre avec le plus de profusion dans les prairies, les champs, les forêts, les jardins. Mille espèces d'oiseaux étalent aux yeux leurs plumes d'émeraude.

Un pigeon, blanc comme neige, se prit, un jour, à envier la couleur dont resplendissent le paon orgueilleux, le perroquet bavard. Il vit des pigeons se pavaner et faire admirer leur cou nuancé du vert le plus magnifique, d'un beau vert fondu avec l'or et le saphir. Il ne dormit pas jusqu'au jour fortuné où il put satisfaire son envie. Apercevant, sous un treillis qu'un jardinier était en train de peindre, un pot de couleur vert-pomme, nuance jusqu'alors étrangère à l'habit des pigeons, il se plongea dedans jusqu'au bec, et en ressortit tout imprégné de la peinture. Puis le voilà qui se gonfle d'orgueil, qui roucoule sur les toits et va offrir ses amours aux plus belles colombes des alentours. Mais il s'en retourne houspillé, chassé à coups de bec, estropié, poursuivi dans les rues par les huées des enfants. Sa pigeonne, dit-on, ne voulut pas le reconnaître. Heureux, quand la mue arriva, de se dépouiller de cet habit d'emprunt et de revêtir sa belle et pure robe blanche qu'il n'aurait pas dû mépriser!

LE LOUP ET L'ERMITE

FABLE

J'ai lu dans un vieux fabliau qu'un loup cassé par l'âge et les blessures, récompense bien due à ses nombreux méfaits, prit enfin une bonne résolution, et voulut finir ses jours dans le jeûne et la prière. Il va trouver un vieil ermite qui vit saintement dans une grotte solitaire, et lui demande en grâce de lui apprendre à dire ses patenôtres et à les répéter dans un grimoire, afin qu'il puisse se sanctifier à son tour et édifier les fermes des environs par sa conduite austère et repentante.

— Si la grâce t'a visité, si ta conversion est sincère, lui dit l'ermite, je veux bien te prêter mon concours. Je vais donc tâcher de t'amener à bien par des lectures pies. Or donc, avant de lire couramment, tu vas apprendre ta Croix de par Dieu. Allons, commençons :

A, dit l'ermite ; A, dit le loup ; B, continue l'ermite ; B, continue le loup ; C, poursuit l'ermite ; C, redit après lui le loup, tout en regardant de travers et faisant des mouvements d'impatience.

— C'est bien, dit le solitaire. Essaye maintenant de redire tes lettres tout seul.

— A, C, dit le loup malin.

— Assez ! répliqua le saint ; non, pas encore assez. Exerce-toi à la patience et à la docilité avant de t'engager plus avant dans les voies de la vertu. Voyons, reprends le commencement : A !

— A ! fait le loup, comme si on l'étranglait... A... gneau, A... gneau ! redisant le mot dont l'objet occupait le plus son imagination perverse.

— Coquin, lui dit l'ermite, à bout de patience, je renonce à me mêler de ton éducation. T'apprenne à lire qui voudra. En loup tu as vécu, en loup tu dois mourir : il est bien difficile au criminel endurci d'arriver à résipiscence.

LE PÈRE ET SON FILS

FABLE

« Il ne faut pas juger sur l'apparence », disait un père à son jeune fils. Et celui-ci protestait chaleureusement qu'on ne le prendrait jamais à tomber dans une erreur si grave ; qu'il saurait bien, avant d'apprécier les objets et les personnes, distinguer le clinquant et l'éphémère du vrai beau et du solide. Le père décida de mettre la perspicacité de son fils à l'épreuve. Dans ce but, il le mena à la promenade sans l'avertir de son projet d'étude philosophique.

Comme ils longeaient les quais, le père s'arrêta devant l'étalage d'un bouquiniste. Là étaient alignés des livres de tout mérite et de tout prix. L'enfant remarqua un bel in-8e richement relié et doré sur tranche. Il était coté au prix de 20 fr. Dans une des dernières cases se trouvaient les livres du prix le plus réduit. Le père prit en main un vieux bouquin, couvert d'un parchemin ratatiné. L'ayant marchandé, on lui en demanda quinze sous. « Lequel de ces deux livres préférerais-tu », dit le père d'un air indifférent. « Le choix est facile, répondit l'enfant, je prendrais le beau livre doré. On ne vendrait pas si cher un livre sans valeur, et si bon marché un ouvrage estimable. » Or, le livre relié en maroquin était un volume de poésies sans mérite, un ouvrage mort-né ; et le pauvre bouquin, les œuvres d'Homère.

L'enfant rougit et se promit de se tenir sur ses gardes. Comme il réfléchit sur sa méprise, on entend des tambours, puis une musique militaire ; c'est un régiment qui arrive. En tête se trouve le tambour-major tout éclatant d'or et de panaches. C'est la première fois que l'enfant voit un homme si richement vêtu et d'une taille si élevée. Une foule de gamins le suit haletante ; il fait tourner d'une main et voler en l'air une canne à pomme et à chaîne d'or. C'est merveilleux. Plus loin, s'avance à cheval un vieillard couvert de poussière, exténué du voyage, tout balafré, se tenant avec peine. « De ces deux hommes, dit le père, quel est le chef?— Belle demande! répond le fils imperturbable ; c'est le grand, celui que nous avons vu en tête du régiment. C'est un roi ; il a le sceptre en main. » Nouvelle épreuve, nouvelle bévue ; l'enfant jure bien qu'on ne l'y prendra plus. Nous verrons.

Ils arrivent devant l'Institut. Le père montre à son fils deux hommes qui s'avancent ; l'un est en voiture, l'autre à pied. Le premier, richement vêtu, porte la tête haute ; le second, négligemment habillé, tient la tête modestement penchée. « L'un de ces deux hommes est un savant renommé qui se rend à l'Académie, dit le père ; lequel des deux prends-tu pour le savant ? — C'est le monsieur en voiture, répond sur-le-champ notre appréciateur émérite. Il lève trop la tête, il a l'air trop distingué pour n'être pas un savant. —Tu vas en juger par toi-même, » répond le père avec douceur. En effet, la voiture passe devant l'Institut sans s'arrêter, et l'homme à l'allure timide, au vêtement simple, entre dans le temple de la science. L'enfant rougit à ce nouvel échec de son jugement, et se promet *in petto* de ne plus s'exposer à une erreur semblable.

On était au printemps, et nos deux philosophes longeaient des jardins fleuris, des bosquets où les oiseaux gazouillaient, babillaient, chantaient à qui mieux mieux. L'un d'eux, que l'on ne voyait pas, lançait des roulades sublimes. Il était interrompu de temps en temps par des cris sauvages poussés par une espèce peu douée du côté de la voix.

« Mon fils, quel est celui des deux oiseaux qui chantait si bien il y a un moment, et que le cri brutal d'un rival maladroit a arrêté sur le-champ ? » Et en disant cela il montrait à l'enfant un petit oiseau roux perché sur une branche, et un grand oiseau éblouissant de beauté assis sur une haute muraille. « Vous voulez vous moquer de moi, mon père, répond le fils judicieux, en croyant me faire tomber ... le panneau. Je ne suis pas assez sot pour ...ner que l'excellent virtuose que ...u n'est autre que ce mer- ... traînante et splen- ... roux ne pourrait ...dues. » Comme il disait ces mots, le rossignol chanta et le paon l'interrompit de son clairon malencontreux.

Et les deux philosophes continuèrent leur route. Ils passaient devant le magasin d'un riche débitant de vins de tous les crus. « Pour te consoler de tes nombreux échecs, dit le père, je veux te faire boire, à dîner, d'une excellente bouteille de vin, et pour te satisfaire entièrement, tu vas la choisir toi-même. » Il y avait en étalage, sur la devanture, des bouteilles sales, couvertes d'une couche épaisse de vase noire, de toiles d'araignée, et, tout près, des carafons de cristal faisant pétiller au soleil une liqueur purpurine. « Mon choix est tout fait, s'écrie aussitôt le fils ; je prends celle-ci. » C'était une carafe pleine d'un vin ordinaire, tandis que les autres contenaient un bourgogne exquis et généreux.

Cet enfant, direz-vous, n'était qu'un imbécile. Se tromper une fois, deux fois, cela se conçoit ; mais toujours !... Eh ! vous qui parlez, vous vous laisseriez prendre cent fois à l'apparence. Bien longtemps encore les hommes jugeront ainsi et ne sauront pas distinguer un bel habit d'une belle âme.

LES DEUX PAPILLONS

FABLE

Il n'est pas toujours bon d'avoir un haut emploi.

(LA FONTAINE.)

Au sein d'une fleur tropicale, transportée au jardin botanique d'Anvers, avait été déposé un œuf imperceptible. De cet œuf naquit une chenille d'espèce rare, d'une taille extraordinaire et d'une beauté remarquable. Le velours, les rubis, les émeraudes brillaient sur ses anneaux onduleux ; ses yeux étaient deux diamants. La chenille se transforma en papillon, qui dépassa en splendeur les sphinx, les argus et les plus belles espèces de nos contrées. Il voltigeait dans le jardin public, en compagnie d'un papillon vulgaire, suçant les coupes des magnolias, des tubéreuses enivrantes, des roses et des jasmins, lorsqu'ils virent accourir des enfants armés de filets de soie, foulant à grand bruit allées et pelouses.

« Nous sommes perdus ! » s'écria le lépidoptère flamand ; fuyons au plus vite. Mais ce n'était pas à lui qu'on en voulait ; c'était à son camarade, au papillon exotique. Sa beauté causa sa perte. Je le vis un jour, traversé par une épingle, fixé dans une collection dont il faisait le plus bel ornement, tandis que le papillon commun picorait sans danger les pétales embaumées.

LE STRADIVARIUS

FABLE

Nageant dans les vapeurs du spiritualisme,
Messer Cornélius, savant musicien,
Abhorrait la matière et le sensualisme.
« Je voudrais, dégagé des terrestres liens,
Voir mon âme s'unir aux célestes phalanges,
Et marier sa voix au doux concert des anges. »
Son esprit, à ces mots, s'exalte triomphant.
Son fils, espiègle enfant,
L'entend, ressent soudain l'attrait irrésistible
De tenter une épreuve, et le plus tôt possible.
Le père étant sorti, que fait l'enfant terrible ?
Il décroche du mur un *stradivarius*,
La fortune, l'orgueil du vieux Cornélius,
Puis on le voit qui brise, qui dépèce
Le pauvre instrument pièce à pièce,
Un seul membre excepté, qu'il juge le meilleur.
Quand l'artiste revint, quelle fut sa fureur !
« Contre moi, sans raison, ta colère s'enflamme,
Se récrie aussitôt l'enfant malicieux...
Voulant réaliser ton rêve merveilleux,
A ton cher instrument je n'ai laissé que l'âme,
Afin qu'il soit plus libre et plus mélodieux. »

L'ÉPIZOOTIE

Imitation d'une parabole de Saint-Simon.

Sous un juste mépris tombe l'oisiveté :
Aujourd'hui le travail seul a droit de cité.

On conte qu'une fois, bravant tous les remèdes,
Un fléau décimait oiseaux et quadrupèdes.
Deux êtres insolents, le paon, le perroquet,
L'un, fier de son éclat, l'autre, de son caquet,
Criaient : « Que le trépas détruise la volaille,
Et ces vils animaux qui dorment sur la paille,
Chien, baudet, bœuf, cheval, dignes d'un tel malheur,
O Mort, épargne-nous, et frappe la canaille ! »
Mais quelqu'un répondit : « Vive le travailleur !
Et que de vos pareils la race disparaisse
    Sous le sarcasme et les brocards,
    Oisifs vaniteux et bavards,
    Que d'autrui la sueur engraisse ! »

Jadis, ô Saint-Simon, nous avons admiré
    Ta courageuse parabole...
Ce n'est plus, grâce à toi, qu'un antique symbole,
    Tant le travail est honoré
Depuis que résonna ta sublime parole.

L'ASTRONOME

FABLE

Un ignorant disait à certain astronome :
« Quand tu veilles, la nuit, moi je fais un bon somme,
Et ma paupière s'ouvre à la clarté du jour. »
Mais le savant parle à son tour :
« C'est la nuit que des cieux la splendeur me dévoile
Des champs de l'infini les tableaux sans pareils.
Le jour tu ne vois qu'une étoile,
Et moi, je vois, la nuit, des milliers de soleils ! »

LE CHIEN

FABLE

« Pourquoi donc hurlais-tu, hier, comme un forcené
    Quand je passais devant ta niche ?
    Aujourd'hui, j'en suis étonné,
Si bon, si caressant... — Ah ! répond le caniche,
Je suis libre aujourd'hui, hier j'étais enchaîné. »

LA TRUIE

FABLE

Un jour, à grandes eaux, Marthon lave sa truie,
La frotte, la brosse, l'essuie.
Que fit notre animal lorsqu'il fut bien lavé ?
Il se vautra dans une mare.

Prêchez l'ambitieux, le débauché, l'avare ;
Avec tous vos sermons vous n'aurez rien prouvé.

LE SERPENT QUI MUE

FABLE

Pour la première fois quand le serpent mua,
Dans cet événement la terre salua
Une métamorphose heureuse et salutaire.
« Car, s'il change de robe, il doit, assurément,
　　Changer aussi de caractère. »
　　O cruel désenchantement !
Le *serpent* reparut sous une peau nouvelle.

N'est-ce pas du méchant l'image trop fidèle ?...

L'OISON ET LA POULE NOIRE

FABLE

Un oison fut couvé par une poule noire.
Or, vous aurez peine à le croire,
Tout fier de son plumage blanc,
Il méprisait sa bienfaitrice,
Et même, aussi cruel qu'il était insolent,
On dit qu'il la battait, cette bonne nourrice.

Je vois dans cette poule et dans ce vil oison
Mainte pauvre négresse et son blanc nourrisson.

L'ORTIE

FABLE

Plus je pense à l'ortie, et plus je l'examine,
Plus je lui vois de qualités.
Elle a nourri le pauvre en des jours de famine.
On en fait des tissus et des papiers vantés.
D'être par trop revêche on l'a toujours blâmée ..
Qui donc n'a ses défauts ? soyons plus indulgents...
Ah ! comme elle, beaucoup de gens
Valent mieux que leur renommée.

L'OURS SILENCIEUX

FABLE

Madame la bécasse et madame la pie,
Deux oiseaux babillards s'il en fut ici-bas,
Jasaient, et de jaser ils n'étaient jamais las ;
Et sa majesté l'ours sous un arbre accroupie,
Aux corneilles bâyait, sans lâcher un seul mot.
Il avait, observant un rigoureux silence,
Parmi les animaux acquis de l'importance.
    Maître renard, qui n'est pas sot,
    De lui s'approche, lui fait fête :
« A quoi donc pensez-vous, seigneur? » Hochant la tête:
« Moi, je ne pense à rien? » répond la grosse bête.

Plus d'un, pour la sagesse et les talents vanté,
D'un silence prudent couvrit sa nullité.

LE HIBOU

A M. le Sous-Préfet de....

Monsieur le sous-préfet, ce n'est pas une histoire :
Je l'ai vu, vous pouvez m'en croire.

Chez un de mes amis il est un tourtereau
Inoffensif, le pauvre oiseau,
S'il en fut ; respirant l'amour et non la haine.
Eh bien, pour un enfant — il a deux ans à peine —
Ce tourtereau n'est qu'un hibou
A qui l'on doit tordre le cou.
S'il traduit quelquefois son amoureuse plainte
En tendres roucoulements,
Pour le marmot saisi de crainte
Ce sont d'horribles hurlements ;
Enfin, c'est un oiseau qui dévore les autres,
Un monstre que l'enfer vomit dans sa fureur.

Monsieur le sous-préfet, envers nous et les nôtres
De ce crédule enfant vous commettez l'erreur.

UN CRI DU CŒUR

FABLE

« Donne-moi ce bijou
Que je vois à ton cou, »
Disait à sa grand' mère une petite fille.
« Oui, pourvu que tu sois gentille,
Répond la grand' maman, je te le donnerai...
Mais seulement quand je mourrai.
— Vas-tu mourir demain ? » dit la petite fille.

Voilà, braves parents, commerçants ou rentiers,
Ce que, jeunes ou vieux, pensent vos héritiers.

LE MEUNIER ET LE CHARBONNIER

FABLE

Dans la rue un meunier
Coudoie un charbonnier.
« Tu m'as noirci, dit le premier ;
— Et toi, tu m'as blanchi ! » riposte le dernier.

Se croyant maculés, tous deux étaient sincères.
Lecteurs, n'en soyez pas surpris :
Toujours les partisans de systèmes contraires,
Ou noirs, ou blancs, se déclarent flétris
Au contact de leurs adversaires.

LE VOYAGEUR ET LA SOURCE

FABLE

Dans le désert, au bord d'une source limpide
Qui gazouillait sous les roseaux en fleur,
Pour se désaltérer se penche un voyageur.
Il approche sa lèvre avide,
Quand, tout à coup, saisi d'épouvante et d'horreur,
Il se relève et fuit... Il a vu sur le sable
Ramper, au sein de l'onde, un reptile hideux.

Hélas ! qui de nous n'est semblable
A ce voyageur hasardeux?
D'amour ou d'amitié vous dont l'âme altérée
Crut trouver pour sa soif une source azurée,
Prenez bien garde que le cœur
Où se reflète une image adorée,
Ne cache en ses replis un monstre intérieur.

LA ROSE ET LE TOURNESOL

FABLE

Le tournesol, la rose, au milieu d'un parterre,
Jasaient, en bons voisins, et disaient tour à tour :

LA ROSE.

J'ai pour mère Vénus, déesse de l'Amour ;
D'aromes enivrants je parfume la terre.

LE TOURNESOL.

Je suis fils de Phébus, père de la lumière !

LA ROSE.

Comme le papillon, léger, capricieux,
Je brille et, comme lui, je n'ai vu qu'une aurore.

LE TOURNESOL.

Pour contempler longtemps le soleil que j'adore,
Je lève vers le ciel mon disque radieux.

En entendant ces fleurs, je te compris bien mieux,
Souveraine puissance, ô nature, qui verses
Les aspirations, les facultés diverses.

LE LIVRE ET L'INSTRUMENT

FABLE

« Quelle cacophonie et quel bruit irritant !
Je t'assure, mon cher, que j'aimerais autant
Les sons de la guimbarde ou de la serinette
Que le clapotement de ta vieille épinette...
— Eh ! mais, cela suffit pour exercer la main.
    Mon fils est encore un gamin ;
Mais, quand il sera grand, je lui ferai l'emplette
D'un excellent piano de Pleyel ou d'Érard...
— Et tu vas, ô routine aussi sotte que vieille !
    De ton enfant fausser l'oreille,
En attendant ce jour, qui brillera trop tard !...
Et puis quel est encor ce livre élémentaire ?
De superstitions, où la raison s'altère,
    C'est un tissu... — Je le sais bien ;
    Mais lorsque mon fils aura l'âge
De discerner le faux du vrai, le mal du bien,
Aux pieds il foulera l'inutile bagage.
— Et tu vas commencer, c'est logique, vraiment,
    Par lui fausser le jugement !
Tu veux, semant l'erreur, récolter la sagesse ?...
Pour qu'elle chante juste et pense mûrement,
Que faut-il à l'enfance, ainsi qu'à la jeunesse ?
    Un bon livre, un bon instrument. »

UNE FLEUR

FABLE

A mon ami Olivier Rolland.

Certain jour, un Normand,
Avec un Allemand,
Devisaient, discutaient, errant par la campagne.
Après avoir longtemps exploré maint sujet,
De leur discussion les fleurs furent l'objet.
« Les amants, disait l'un, cueillent en Allemagne
Une fleur d'un aspect si riant et si pur !
On croirait voir un œil d'azur
Vous regarder avec tendresse.
Nos poëtes en font un symbole charmant :
C'est le *Vergiss-mein-nicht*, la fleur du sentiment. »
De répliquer l'autre s'empresse :
« En France, il en croît une, au bord de maint ruisseau,
A coup sûr aussi bleue, et sans doute plus belle.
Elle est du souvenir l'interprète fidèle :
C'est *myosotis* qu'on l'appelle. »
Mais qu'ont-ils vu poindre sur l'eau?
D'un feu subit leur œil flamboie ;
Tous deux, en même temps, poussent un cri de joie :
« C'est le Vergiss-mein-nicht ! — C'est le Myosotis ! »

On voit bien des partis,
Rivaux en apparence,
Préconisant avec ardeur
Un principe identique, une seule espérance,
Sous des noms différents vanter la même fleur.

Villeneuve-le-Roy, 16 avril 1867.

LA PIERRE PRÉCIEUSE

FABLE

Sur un lit de velours, encadré richement,
Le rubis, le saphir, mêlés au diamant,
Aux passants exposaient, d'une voix orgueilleuse,
Leur mérite, leur prix, leur beauté radieuse,
Lorsqu'un sage : « Humblement restez dans votre écrin ;
D'un inutile éclat doit-on être si vain ?
Pour moi, quoiqu'elle soit et grossière et rugueuse,
La pierre la plus précieuse,
C'est la pierre qui moud le grain. »

BONS MALTHUSIENS, SOYEZ CONTENTS

Malthus, en homme charitable,
A dit : « Tout convive indiscret,
S'il n'a point de place à la table,
Qu'il se retire du banquet. »
Si la planète, pour vous plaire,
Doit décimer ses habitants
Ou par la peste, ou par la guerre,
Bons malthusiens, soyez contents.

L'affreux vautour qui nous dévore,
Peste, typhus ou choléra,
De quelque nom qu'on le décore,
Trop longtemps nous dévorera.
Puis, voici le dieu des batailles
Gorgé de membres palpitants...
Devant toutes ces funérailles,
Bons malthusiens, soyez contents.

La misère, avec sa cohorte
De durs labeurs, de longs sanglots,
Au suicide ouvre la porte,
Jette leur proie aux échafauds.
Enfin, le vice et la débauche
Pourrissent l'arbre en son printemps...
En voyant la mort qui nous fauche,
Bons malthusiens, soyez contents.

Jadis, les mères de famille,
Fières de leur fécondité,
Dans chaque fils, dans chaque fille
Acclamaient leur postérité.
Mais l'amour, à vos lois docile,
A spéculer perd ses instants,
Et puis l'hymen devient stérile...
Bons malthusiens, soyez contents.

Pour effacer de la mémoire
Tous les maux soufferts ici-bas,
Nous espérons, rêve illusoire,
Le bonheur après le trépas.
Quand du ciel la porte bénie
Allait s'ouvrir à deux battants,
Le pape nous excommunie...
Bons malthusiens, soyez contents.

MA PETITE CHAMBRE

A mon ami Charles Deslys.

A mon âme ravie apparais, ô chambrette,
Dont une humbre couchette
Fut le seul ornement,
Fit l'unique richesse,
Où maint rêve charmant
Embellit ma jeunesse !

Des maîtres immortels aspirant les leçons,
D'une timide voix je bégayais des sons
Que ma plume novice
Traduisait en chansons.
Trop souvent de ma verve écoutant le caprice,
Pardonne, ô La Fontaine ! un précoce travers,
J'essayai d'imiter tes vers inimitables.
J'ai noirci vingt cahiers de contes et de fables...
Mon père, par bonheur, brûla ces premiers vers.

A mon âme ravie apparais, ô chambrette,
Dont une humble couchette
Fut le seul ornement,
Fit l'unique richesse,
Où maint rêve charmant
Embellit ma jeunesse.

La fenêtre encadrait un merveilleux tableau :
C'étaient d'âpres rochers, plus vieux que le déluge,
Des arbres se mirant dans l'eau,
Plus d'un sentier fleuri, plus d'un riant berceau,
A l'amour offrant un refuge.
Les montagnes au loin fuyaient à l'horizon ;
J'admirais des brebis l'ondoyante toison ;
Les moissonneurs chantaient, armés de leurs faucilles ;
Sous mes yeux éblouis passaient les jeunes filles,
L'une à l'autre épanchant leur cœur, ce livre d'or
Où je ne lisais pas encor.

A mon âme ravie apparais, ô chambrette,
Dont une humble couchette
Fut le seul ornement,
Fit l'unique richesse,
Où maint rêve charmant
Embellit ma jeunesse.

Mais, ainsi qu'on voit l'ombre ou le nuage obscur
Sur la toile brillante ou dans un ciel d'azur,
Mêlons — un peu de honte est bien vite chassée —
Au souvenir joyeux une amère pensée :
Hélas ! combien de fois ce réduit favori
A servi de prison à son hôte chéri !
N'ayant — c'était la loi — pour toute nourriture
Que du pain sec et de l'eau pure,
J'expiais tristement quelque crime.... léger ;
Quand, tout à coup, un ange, un divin messager,
Ma sœur, sur mes ennuis venait verser des larmes.

Son apparition dissipait mes alarmes.
Elle me prodiguait des baisers consolants,
Des mots pleins de tendresse et des mets succulents.

A mon âme ravie apparais, ô chambrette,
Dont une humble couchette
Fut le seul ornement,
Fit l'unique richesse,
Où maint rêve charmant
Embellit ma jeunesse.

FIN.

TABLE DES MATIÈRES

Mélanges.

FIN DE LA TABLE.

Paris. — Imp. Felix Malteste et Cie, rue des Deux-Portes-Saint-Sauveur, 22.

DU MÊME AUTEUR

Et à la même adresse :

Fables et Poésies, 1 vol. in-18	3 fr.
Fables et Poésies nouvelles, 1 vol	1 —
Cent Fables choisies, 1 vol	1 —

Paris.—Imp. FÉLIX MALTESTE et Cie, rue des Deux-Portes-Saint-Sauveur, 22.

www.ingramcontent.com/pod-product-compliance
Ingram Content Group UK Ltd.
Pitfield, Milton Keynes, MK11 3LW, UK
UKHW022109190726
13855UKWH00002B/749

9 782013 588522